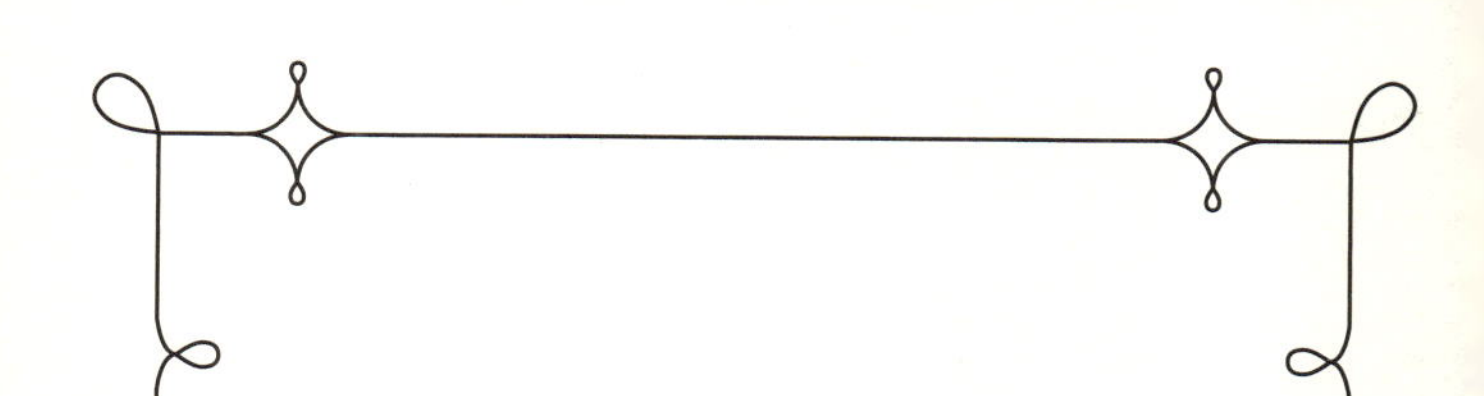

さえない後輩が
イケメン御曹司だった件について

御堂志生

Illustration
SHABON

さえない後輩がイケメン御曹司だった件について

contents

gabriella plus

イラスト／ＳＨＡＢＯＮ

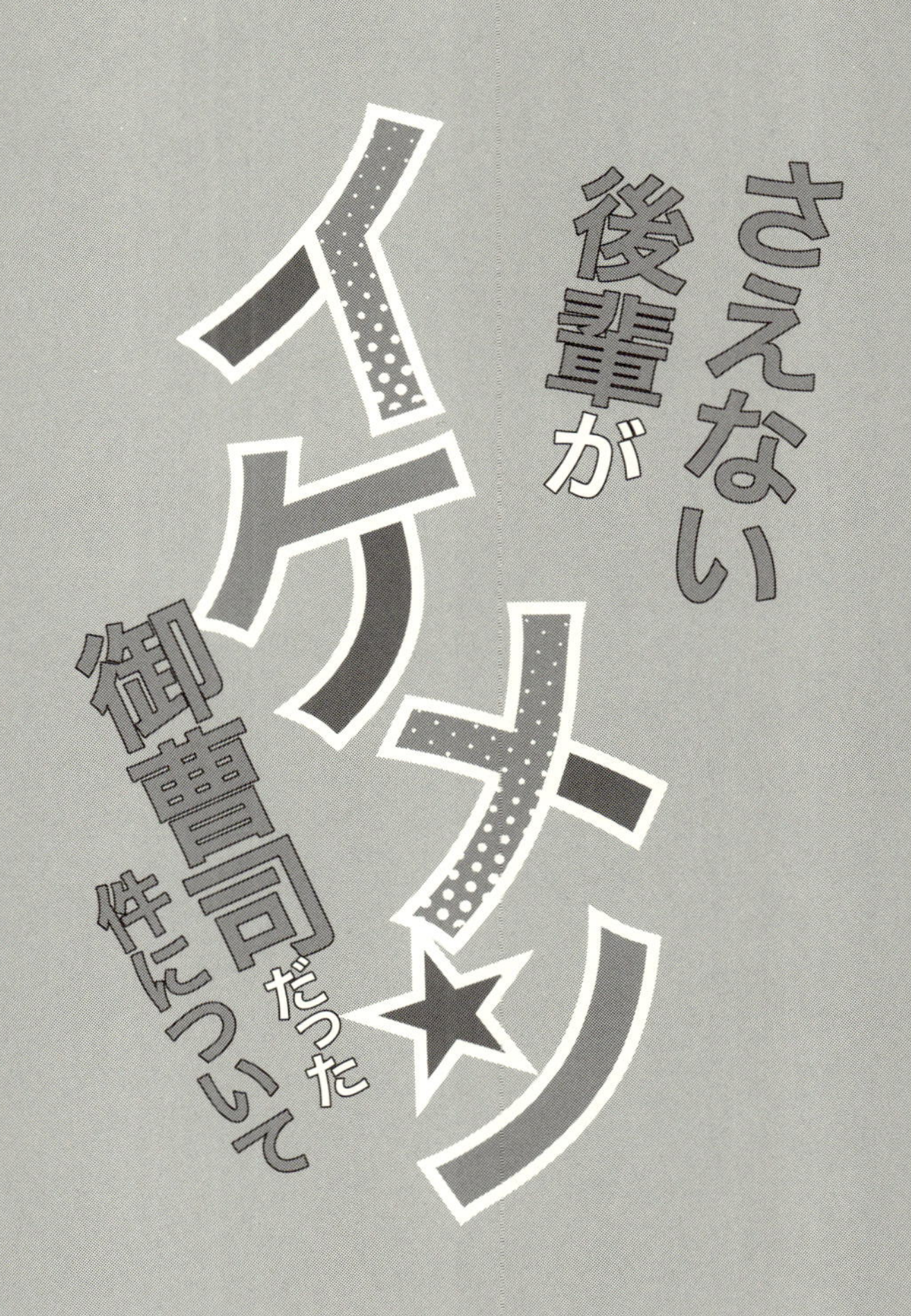
さえない後輩がイケメン★御曹司だった件について

第一章　幸せな片思い

幸せと聞いて思い出すのは――。

たとえば真冬の、それも雪が降るくらい寒い日に部屋を思いきり暖かくして、会社帰りにコンビニで買ってきた一個三百円のアイスクリームを食べる……とか。

夏だったら、エアコンをガンガンにきかせた部屋で、お気に入りのスペシャリティコーヒーを淹(い)れて飲むとき。それに、ベルギー製の高級チョコレートを一粒添えるだけで、まさしく至福の時間だろう。

(ひとりじゃなくて、大好きな人と一緒だったらもっと幸せなんだけど……。うーん、それってやっぱり、身の程知らずになるのかなぁ)

大好きな人と過ごすひとときを想像して、七原聡美(ななはらさとみ)は、とくんと胸と高鳴らせる。

OL六年目の二十八歳。彼氏いない歴六年、当然、結婚の予定も全くない。

目立たず、ひたすら真面目に、何ごとも一生懸命、をモットーに生きてきた。

そのせいで、いや、そのおかげで、と言うべきだろう。偏差値は中レベルだが歴史ある私立の女子大を卒業することができ、食品専門商社の大手、サンワ食品の一般職で採用された。

ただ、身長、体重、スリーサイズと見事なまでに平均的数字。容姿はおそらく、可もなく不可もなく、髪型は肩より少し下の黒髪のストレートを十年……いや十五年も続けている。目立たないことに重点を置き過ぎたせいか、会社では同じ総務課の同僚以外には名前も覚えられていないくらいだ。

聡美の人生において、『事実は小説よりも奇なり』と言えるような、ドラマティックな出来事などなかった。

だからこそ、ささやかなことに幸せを見出（みいだ）せる。

今夜も、その〝ささやかな幸せ〟を満喫するため、彼女は都内ベイエリアのラグジュアリーホテルにいた。

ホテルの二十階、スペシャルフロアの専用ラウンジから眺める夜景はうっとりするほど美しい。専用ラウンジというだけのことはあり、利用者はこのフロアに宿泊する客ばかり。その特別待遇が、彼女の心をよけいに浮き立たせてくれた。

もちろん、聡美も今夜は、このスペシャルフロアに一泊することになっている。

六月下旬、繁盛期ではないが、金曜の夜なので最低でもひとり一泊二万円以上。ひとり暮らしの彼女にとって、アイスクリームやチョコレートといった〝ささやか〟どころでない特別な贅沢（ぜいたく）だった。

そして今日、特別な夜を過ごす理由とは……。

「ねえねえ、親友の結婚って、こっちまで幸せな気分になるんだね。なーんか、ワクワクしちゃうなぁ」

聡美はニコニコしながらはしゃいだ声で、テーブルを挟んだ向かい側に座る人物に話しかけた。

いつもはひとりで味わう幸せだけど、今日はひとりじゃない。彼女の前には、五大商社のひとつ、四葉(よつば)物産に勤める二十八歳独身――。

といえば誤解されそうだが、そこに座っているのはおよそ十年来の親友、富田悠里(とみたゆうり)だった。

「まぁね。――浮気された。もう別れるって電話で泣かれるよりマシかな」

「それは、言えてる」

聡美は思わず苦笑する。

結婚する親友とは悠里のことではなく、もうひとりの親友、二條香子(にじようかこ)のことだ。

香子は去年のちょうど今頃、三年間同棲(どうせい)した彼と別れ話で揉(も)めていた。聡美のところにも泣きながら電話をかけてきて、ひと晩中、愚痴を聞いたこともあったように思う。

「でも、今日ばかりは香子さんが一流ホテルに勤めてくれててラッキーかな?」

「従業員割引のこと？　ホテルによって違うんだよね。香子の勤務先は、世界中の系列ホテルでアップグレードしてもらえるんだってさ。ハネムーンにも使うって言ってた」

いろんな意味で女らしい香子と違い、悠里は竹を割ったような男らしい……いや、清々しい性格をしていた。悠里から男性問題で泣き言など聞いたことがない。

容姿は、目鼻立ちがハッキリした美人タイプ。そのわりに、髪型は学生時代から一貫してショートヘアだ。今もショートボブだが、学生時代よりは多少のまろやかさを感じる。

商社では総合職として採用されており、入社以来ずっと営業だ。そのため、好きなスタイルだけをしているわけにはいかないのだろう。

ただ、女性をアピールするつもりはないそうで、服装は露出を抑えたパンツスーツが多かった。

そんな悠里は、コーヒー好きの聡美と違って紅茶好き。

彼女はガラス製のティーカップに注がれたハーブティーをひと口飲むと、思い出したように呟いた。

「そうそう、結婚式はホテル以外で挙げるって」

「どうして？　割引が使えるんじゃない？　上司や同僚に出席してもらうのも楽だし……あ、でも香子さんって四国出身だっけ？」

三人は同じ女子大の卒業生だ。出会ったのは女子大附属高校に入学したとき。そこは幼稚園から附属があり、小学校、中学校とそれぞれのお受験組で仲よしグループがあった。

三人とも高校入学組で、それは全体の約三分の一にあたる。

その中で聡美たち三人が特別に仲よくなった理由は、一年のときに同じクラスになったことが大きい。富田、七原、二條と出席順に並んだためだった。

そして東京都出身の聡美と悠里は自宅通学だったが、香子は学生寮に住んでいた。

「親は地元で挙げてほしいみたいよ。でも、相手方もあることだし、結婚後も仕事は辞めないつもりらしいから上司に不義理もできないし……って感じ？」

「結婚となると、いろいろあるんだね。でも、幸せな悩みだよ。わたしも、そういうことで悩んでみたい！」

コーヒーカップを両手で掴(つか)み、聡美は憧れ気分で遠くをみつめ、ホウッと息を吐く。

すると、悠里はティーカップをソーサーの上に置き、居住まいを正した。

「うん、たしかに。今回のことは予想外だった。私たち三人の中で、結婚一番乗りは聡美だと思ってたから」

かなり残念そうな口調だった。

たしかに、高校生のころから結婚に対する夢を口にしていたのは聡美だけだ。他のふたりは仕事に関する夢を語ることが多かった。

「まあね。結婚にも結婚式にも、すごーく憧れてるんだけどね。でも、結婚するには好きな人と相思相愛になって、さらにはプロポーズされなきゃならないでしょ？　わたしにはハードル高過ぎるって気づいちゃった」

深刻な空気を一掃するように、聡美はへらっと笑った。

すると、悠里は切れ長の目をつり上げ、

「笑ってる場合じゃない！」

「はっ、はい」

「好きな人と付き合ってプロポーズされたいって気持ちはわかるけど……あんたの場合、逆のほうがいいと思うわ。香子も結果的にそれって話だし」

「え？　それって……お見合い？　ちょっと待って、結婚相手って小宮山（こみやま）さんじゃないの？　復活愛って聞いたんだけど……」

香子から結婚の話を聞いたとき、相手は――去年、大騒ぎして結局別れることになった元彼、小宮山賢二（けんじ）だと聞かされた。

そこに至った事情を詳しく聞きたかったが、三十分や一時間で済む話ではないだろう。その辺りの報告も兼ねて、お泊まりの女子会をしようということになったのだ。

普段三人で飲むときは聡美の部屋に集まることが多い。今は全員ひとり暮らしなので誰の部屋でもよさそうだが、聡美があまり飲まないことも大きな理由だろう。

ふたりともそれぞれ酔い潰れても、あとは聡美に任せて安心、と思っているようだ。

でも、今回は悠里がいつもとは違うことを言い始めた。

『お祝いなんだから、いつもよりゴージャスにやらない？』

すると香子も、ホテルの一室で女子会をやるプランが流行っていると教えてくれた。

さらには、勤務先の系列ホテルなら、スペシャルフロアのデラックスルーム料金でスイートの空き部屋にアップグレードしてもらえるという。

一流ホテルのスイートルームといえば、それこそ、新婚旅行のときに泊まれたらいいな、と思っていた憧れの場所。

そこに格安で泊まれるなんて……聡美もすぐさまＯＫした。

スイートでひと晩中語り明かそう、そのときに『復活愛』の経緯を洗いざらい白状してもらうから、という話をしたことを覚えている。

（それが、なんでお見合い？）

聡美はわけがわからず首を捻る。

すると、悠里がフフッと笑った。

「香子のホテルでランチを摂ることって、わりとあるのよ。で、そのときにホテルの同僚たちとの話をチラッと聞いちゃったのよね。香子の結婚相手は親の紹介だって」

悠里も香子の結婚相手については、聡美と同じ内容の話を聞いていたようだ。

だが実際のところは……。

娘の同棲も失恋もその相手のことも、なんにも知らない実家の親にいきなり見合いをセッティングされたという。当日、親が上京してきて、行かないなら香子の勤めるホテルのレストランに変更する、と半ば脅迫されたらしい。

香子は仕方なく指定されたホテルのレストランに向かった。

そこに現れたのが……。

「すったもんだで別れた小宮山さんだったって、オチみたい。でもあの人、旅行会社社長のドラ息子じゃない？　ホテルの上客でもあるらしくて――」

小宮山は大手旅行会社の社長令息だった。

ホテルに出入りすることも多く、たびたび顔を合わせるうちに口説かれたと聞いたことがある。

当然、周囲には秘密の交際で……思えば、それも香子の不満のひとつだった。

だがそんなことをおくびにも出さず、

『親の顔を立てるつもりでお会いしたんですけど、まさか、うちのホテルにも出入りされている小宮山さんとは思わなかったわ』

香子は同僚の前で話していたという。

「何？　その映画みたいな再会ロマンス⁉　運命って本当にあるんだ」

「ひょっとして、羨ましいとか思ってる？」

悠里の問いに、聡美は思いきり首を縦に振る。

「じゃあ、さ。一応聞くけど、三月に合コンで声をかけられた男ってどうなったの？」

痛いところを突かれ、聡美はズンと落ち込んだ。

「えーっとね、三月の連休に、嬬恋のほうまで春スキーに行きませんかって誘われて……温泉もあっていい宿を知ってるって。でも、それって一泊ってことでしょ?」

「それで、結婚前にエッチなんてできません！　とか叫んで、またご破算にしたんだ」

悠里は『また』に力を入れて言う。

「それは違うんだって！　結婚前だってかまわないの。でも、万一のときは妊娠するかもしれないんだよ。ちゃんと先のことを相談してから、そういうことは……し、したいだけなの」

聡美は周囲を気にして、声を潜めつつ答える。

「そこが駆け引きなんじゃない。ほとんどの男は、たくさんの女とやりたいわけよ。彼らはハーレムって言葉が大好きで、ライオンの雄に憧れてるの。そんな男に、いきなり檻に入れと言っても無理よ。まずは慣らしていかないと」

悠里の言葉もわからないではない。

聡美も二十八歳まで何もなかったわけではなく、男性とふたりきりになり、それなりのシチュエーションまでたどり着いたこともあった。

(まあ、そこで毎回同じ失敗をしてきたわけだけど)

深い関係になる前に、聡美は自分の思いを正直に伝えることにしている。それが彼女なりの誠意だと思っているからだ。

ところが、男性の半分はなぜか怒り始め、半分には『友だちでいよう』と言われ……。

だが、自分はたくさんの女性のひとりに過ぎない、と思いながら、最も無防備な姿を見せることには抵抗を感じる。

それに、終わったあとで『もしものとき——』の相談をしても、手遅れではないだろうか。

聡美がそう答えると、『リスクなしにいい男はゲットできない』と悠里や香子には叱られるのだ。

世の中の多くの女性は、そんなリスクを背負いながら、恋とセックスを楽しんでいるらしい。

それが普通であるなら、聡美には恋も結婚も一生無理だと思う。

「だから、あんたみたいな石橋を叩いても渡らないタイプには、お見合いがいいのよ。ちゃんとした仲人が入るようなお見合いをしなさい。結婚前提なんだから、安心でしょう？」

「それは安心だけど……恋にならなかったら、どうしたらいいの？」

何がなんでも、セックスの前に結婚の約束をしてほしいわけではない。それに、間違ってもいい条件の結婚がしたいわけでもなかった。

ただ、同じ価値観を持つ男性と素敵な恋をしたい。心も身体も結ばれて、永遠の愛を信じられるような関係を築きたいだけだ。

（それだけなのに……こんなに難しいことだなんて）

そのとき、悠里がテーブルをドンと叩いた。

「恋にするのよ！　これだけは譲れないって条件を決めて、他の部分は目を瞑るのがいいんだってさ」

「これだけ……って、例えば？」

「勤務先は一流企業がいいとか、それとも公務員のほうがいいとか、年収は一千万以上、身長一八〇センチ以上、国立大学卒業――辺りかな？」

悠里の返事を聞き、聡美は頭の中に理想の男性像を思い浮かべてみる。

「うーん……年収は、食べて行くのに困らないくらいあればいいよ。身長は一五八センチのわたしより高いほうが嬉しい。贅沢を言えば、二〇センチくらい高いといいな……」

そこまで話したとき、曖昧な男性像が、しっかりした形になってきた。

「男の人のメガネって好きかも。あれって誠実そうに見えるんだよね。あ、逆に、上から下まで高級ブランドで固めてる人って苦手。清潔な服装だったら、ハンカチや靴下なんか百均でも充分。あと、お弁当とか、手作りのものを喜んでくれる人がいいなぁ。えっと、学歴はね……」

頭に浮かんだ〝彼〟の学歴を思い出し、聡美は口を閉じた。

本人に確認したわけではないが、高校中退だと耳にした気がする。異例の学歴なので、中途入社とはいえどうして採用されたのだろうと、社内ではちょっとした噂になっていた。

その後、取締役の縁故採用だとわかり、噂はすぐに立ち消えになったはずだ。

聡美もそのことが気にならないと言えば嘘になる。

だが、たとえ学生時代に悪いことをしていたとしても、今が真面目なら問題ないのではないか。

（こんなふうに思えるのは、やっぱり、恋……なんだろうなぁ）

あらためて片思いを自覚し、聡美の頰が緩んだとき、

「こら、聡美！　白状しなさい」

怒ったような声で悠里に詰問される。

「え？　なんのこと？」

「理想の男じゃなくて、好きな男のことを話してたでしょ？　ごまかしてもダメよ。さあ、時間はたっぷりあることだし、ひと晩かけて聞き出すからね」

「え？　え？　わたし？　今夜は香子さんのことでしょ？　それに……わたしは別に、話すことなんか……」

悠里にじろっと睨まれた。

これまでの経験から言えば、聡美が洗いざらい白状するまで、ひと晩もかからないだろう。

それに、聡美にとって片思いの男性の名前を口にするのは苦痛でもなんでもない。甘いふわふわの綿菓子を口にするような、とても幸せなことだった。

〝彼〟——山本亮介が入社したのは、新卒の新入社員を受け入れる直前、三月末のこと。

これまでも即戦力となる社員を他社から引き抜き、中途採用することは間々あった。今度中途採用されたのは三十一歳の男性、という情報が社内を駆け抜けたとき、女性社員の間では彼の経歴に興味が集中した。

しかし、配属が総務課と発表されるなり、一気にトーンダウンしたのだ。

「いい歳した男が総務？　おかしいと思ったら、優秀さで引き抜かれたわけじゃなくて、野田専務が人事に捻じ込んだ縁故採用って言うじゃない」

「人事の子が学歴見てびっくりしたって。都立高校中退だってよ。高卒でもありえないのに中退って」

「職歴もないらしいよ。何年も外国にいたってことだけ……放浪の旅人、みたいな？」

噂好きの女性社員の話を要約すると、専務の野田の口利きで中途採用になったらしい。三十一歳という年齢にもかかわらず、職歴がなく、学歴も高校中退だという。

その話を聞いたときに聡美が想像したのは、ろくに働くつもりのない、社会人としてのマナーも知らない学生気分の男性。

（茶髪……金髪とかは嫌かも。ピアスとかしてたら、どうしよう）

同じ総務課で働く以上、日常会話くらいはするだろう。

女子高育ちの影響か、男性と接するのは苦手だ。聡美の発する気配を察し、距離を取ってくれる紳士ならいいが、海外生活の長い男性は総じて女性に馴れ馴れしい。

だが、そんな懸念は初対面で払拭された。

「山本です。どうぞ、よろしく」

亮介は黒髪を七三に分け、黒縁のメガネをかけた気弱な印象の男性だった。

身長は一八〇センチ近くありそうだが、うつむき加減でいるせいか長身に感じない。そのため、威圧感はなかった。

一番目立ったのは、スーツだけでなくネクタイから革靴まで、すべてがピカピカの新品ということ。ビジネスマンの装備一式、採用が決まったので慌てて量販店で買ってきました、と言わんばかりだ。

（脚、長いのに……ズボンの丈が短いような。でも、既製品でも直してくれるよね？　よっぽど急いで揃えたのかな？）

聡美と同じことを他の女性社員も思ったらしく、周囲からクスクスと笑い声が聞こえてくる。

そのときだ。

「七原さん、山本さんの指導係をお願いします。会社勤めは初めてだそうなので、新入社員同様に教えてあげてください」

聡美は、直属の上司である総務課長の長浜から、亮介の指導係に指名されたのだった。

長浜はサンワ食品初の女性重役候補と言われている。四十代半ばだが、仕事ひと筋できたためか独身。女性は感情的になりやすいと言われるが、この長浜は穏やかで常識の通用するタイプのため、周囲の評判もよかった。

目立たない聡美のこともしっかりと見てくれ、気を配ってくれる。そんな長浜から頼まれたら……。

しかし相手は男性、それも新入社員とはいえ年上だ。とてもではないが、自分に指導係が務まるとは思えない、とは言い出せなかった。

噂と見た目のギャップに、ビクビクしながら引き受けた指導係だったが——。

亮介は意外にも、聡美にとって理想に近い男性だった。

最初に心配していたような過剰な接触はなく、男性特有の卑猥（ひわい）な冗談も言わない。かといって、素っ気ない態度とも違う。

一番驚いたのは、年下の女性から指示されても、言葉や態度に不満を出さないこと。

彼は常に適度な距離を保ち、柔らかな物腰で礼儀正しく接してくれる。

聡美は一気に好感を持ったが、問題がひとつ……ごくごく単純な作業を頼んでも、亮介がミスを連発することだった。

どうやら『会社勤めは初めて』というのは本当らしい。コピーを頼まれてもコピー機の使い方がわからず、右往左往していたくらいだ。

最悪だったのはトナー交換のときで、手を真っ黒にしただけでなく、床にぶちまけてしまったため、あとの掃除が大変だった。

四月になり、新卒の新入社員が入ってくると、彼は『新卒より役に立たない男』と呼ばれるようになり……。

「いくら専務のコネがあっても、出世どころかクビも時間の問題じゃない？」

「せめてルックスがよければねぇ」

女性社員たちは口を揃えて彼のことを笑った。

「七原さんは人がいいから……。長浜課長は優しく見えて、けっこうしたたかよ。気をつけないと、貧乏くじばっかり引かされるんだから」

指導係の役目を、律儀に果たそうとする聡美に同情するようなことを言いつつ……。

「頼まれたら嫌と言えない、いい子ちゃんだもんねぇ、七原さんは」

そんな本音が女子トイレや給湯室を使おうとすると、耳に入ってくるのだから、どうしようもない。

人に悪意を向けられるのは苦手だ。

もちろん、得意な人はいないだろう。だが、毅然と対応できる人はいる。

聡美の場合、とたんに勇気や自信が萎えてしまう。一流ホテルで誇りを持って働く香子や、総合商社で出世を目指す悠里と比べて、単純労働をこなすだけで精いっぱいの自分が情けなくなる。

だからかもしれないが、亮介のことを笑う気にはならなかった。

長く海外で暮らしながら、帰国したことには大きな事情があったのだろう。しかも、三十歳を過ぎて初めて会社員になるということは、まさに人生の転機だったはずだ。

そんな慣れない環境の中、郵便物の集配や電球の交換のみならず、トラブルが発生すればトイレの掃除から水漏れの修理まで……亮介は本社ビル内を文句も言わず駆け回ってくれる。人の嫌がる仕事を率先して引き受けることができるのは、素晴らしい資質だと思う。

そんな彼が『役に立たない男』と言われるのはおかしい。耳にするたび、聡美は言い返したくなるような苛立ち(いらだ)ちを感じ始め……。

ちょうどそのころからだ。理由はわからないが、亮介は昼食を抜くことが多くなった。

仕事中はふたりでいることも多いが、彼はあからさまなくらいにプライベートな話題を避けていた。何か事情があるのだろうと察し、聡美も突っ込んで聞くことはしなかったが……さすがに、空腹そうな様子を見ると放ってはおけない。

入社から一ヵ月強、最初の給料は出たはずだが、何かと物入りな時期だ。昼食抜きは懐事情ではないだろうか、と見当をつけ、聡美は亮介のためにお弁当を作っていった。

「お昼は、ちょっとでも食べておいたほうがいいと思って」

昼食休憩に入るなり、社外に出ようとした彼を呼び止め、小さめのお弁当箱を差し出した。

「あ、迷惑だったら言ってください。わたし、お節介なタイプみたいだから……」

おずおずと、そんな言葉を付け足す。

聡美は兄と弟に挟まれた第二子長女。そういったケースだと、兄弟に負けまいと男の子っぽく元気な子に育つか、逆に控えめで女の子らしさに加速がつくか……聡美の場合は後者のタイプに育ってしまった。

両親は共働きで、家のことは同居の祖母がしてくれるという環境だ。当然、聡美は祖母に懐き、自他ともに認めるおばあちゃん子になってしまった。その祖母が、聡美が中学生のときに倒れて入院。代わって聡美が家のことをするようになるのも自然の成り行きだった。

毎朝、自分と両親の分のお弁当を作るのが日課となり、時期によっては兄弟の分、家にいる祖父の分まで作っていたくらいだ。

それは聡美にとって負担でもなんでもないこと。むしろ、頼りにされることに喜びすら感じる。

いつか恋人ができて初デートに行くときは、絶対に手作りのお弁当を持って行こう。芝生の上でシートを敷き、お弁当を広げるようなデートをしたい。そんな夢を描いていた。

そして、大学生になって初めての彼ができ、それを実行したところ……。

『俺、ハンバーガーでいいから』

お弁当を広げることすら拒否され、初めての彼とのデートは、それ一回で終わったのだった。

「迷惑だなんて、そんな……僕はありがたいですけど」

メガネの縁を押し上げながら、亮介はくぐもった声で答える。その声色に迷惑そうな気配はなく、聡美はホッと胸を撫で下ろす。

「よかった！　自分の分を作るので、ちょっと多めに作って詰めただけなんです。たいしたものじゃありませんけど、お昼はちゃんと食べたほうが、仕事の効率は上がるんですよ」

そんなことを言いながら、割り箸も差し出した。

彼はそれを受け取ると、総務課のデスクに戻った。そして、初めてコピー機に触れたときのようなおっかなびっくりの手つきで、お弁当箱の蓋を開いていく。

「ひょっとして、お弁当お嫌いですか？　あ、うちの兄がそうなんです。冷たくなったご飯が苦手って言ってました。お弁当を持って行かなきゃならないときは、サンドウィッチばかりリクエストされて……山本さんもそうだったらすみません」

すると彼は伏し目がちに、困ったような顔で微笑んだ。

「好きも嫌いも……手作りの弁当自体が初めてなので。僕は……物心ついたときには両親がいなくて、家族は祖母だけでした。祖母は忙しく働いていたので、こういったものを作ってもらった記憶がないんです」

その言葉を聞いた瞬間、聡美は後悔した。

亮介がプライベートな話題を避ける理由は、幼いころに両親を亡くしたからに違いない。し

かも『家族は祖母だけ』と言うことは、兄弟もいないのだ。そんな彼に、兄とのやり取りを嬉しそうに話してしまった。

(あー、わたしってなんて馬鹿なの？　気が利かないっていうか……もう、最悪)

これ以上よけいなことは言うまい、と聡美は黙々と箸を動かす。

すると、亮介のほうが何か思い出したように口を開いた。

「玉子焼きって、甘くないんですね」

「え？　あ、関東の玉子焼きは甘いのかも。うちの味つけは亡くなった祖母の味なんです。祖母が関西出身なので、玉子焼きに砂糖は入れないんですよ。……お口に合いませんでした？」

「いえ、美味しいです」

そのとき、亮介が顔を上げて真っ直ぐにこちらを見た。

いつもうつむいてばかりいる亮介と、初めて真正面からみつめ合う格好になり……メガネの奥に隠れた瞳からは、意外にも強い意志が感じられた。

普段の頼りなげな亮介とは違う、別の人間が彼の中には潜んでいるようだ。

それはとても男性的で、聡美の知らない野生の本能ともいえる何かを思わせ、背筋がぞくっとして……。

「変なことを聞いていいですか？」

「はっ、はいっ！　なんでしょう⁉」

まさしく、昼休憩とは無縁の変な想像をしていた聡美は、後ろめたさに声が裏返る。

(昼間っから、何考えてるのよ。ここは会社なんだから、わたしは指導係、指導係……)

心の中で『指導係』を繰り返す。

「ウインナーを、タコの形に切れますか？」

「……は？」

あまりにも予想外の質問に、聡美の思考は三秒ほどストップする。

「で、できますよ。タコさんウインナーですよね？　えっと、お好きですか？」

「憧れでした。くるんと回った足が魔法のようで、クラスメートのお弁当が羨ましかった」

普通に切り込みを入れただけのウインナーを持ち上げ、遠い目をする亮介を見た瞬間、聡美は叫んでいた。

「明日、作ってきます！　タコさんですよね……あ、カニさんも作りましょうか？」

お弁当作りに期待されたことは初めてなので、ついつい調子に乗ってしまう。

そんな聡美に向かって彼はふわりと微笑み、

「それは、楽しみです。七原さんをお嫁さんにできる男は、最高に幸せですね」

思わず『よかったら、もらってください！』と叫びそうになる聡美だった。

「それ以来ね、ほとんど毎日、彼の分もお弁当作ってるの。天気のいい日は、一緒に屋上で食べるんだけど、それが最高に気持ちよくて……悠里さん？　どうかした？」

聞かれる前に、つい調子にのってペラペラと話してしまう。

異性のことを考えて、こんなにも浮かれた気持ちになるのは、聡美にすれば中学時代の初恋以来だ。高校時代は恋愛から遠い場所で過ごし、大学生になってからは、どうも気持ちよりキスやセックスが恋の悩みの中心になってしまった。

だが亮介との関係は……そういう仲ではないので、楽しい気分のままでいられる。

聡美のほうが、一方的に胸をときめかせるだけの関係——いわゆる片思い。

カップルになると、もっと大きな幸せを味わうことができて、結婚というゴールを目指せるのだろう。反面、生々しい悩み事が増えるのは目に見えている。

そこをクリアして、楽しい関係にまでステップアップするのが、本物の恋愛なのだ。

しかし聡美には、片思いで得られる〝ささやかな幸せ〟で充分に思えて……。

そんな気持ちを誰かに聞いてほしかった。

会社の同僚に気の合う友人のひとりでもいればよかったのだが、お弁当持参の彼女にはランチ仲間すらいない。そして単なる同僚には、とても話せない内容だ。

ところが、しだいにテンションが上がってくる聡美とは違って、悠里の表情はどんどん曇っていき……。

「ねえ、聡美。まさか、本気じゃないでしょうね？」

「え？　なんか、怒ってる？」

「当たり前でしょ！　そんな、ランチ代にも事欠くような三十男。二十八にもなった女が付き合う相手じゃないわ。最低でもランチぐらいおごってくれる男にしなさい‼」

　亮介の名誉のために言うなら、彼はもちろん会社帰りに、夕飯に誘ってくれた。『お弁当のお礼に』と言われたが、聡美のほうが断ったのだ。

「ちょっと待って！　そいつと付き合うのは反対だけど、どうしてそこで断るの？　聡美は好きなんだよね？　その場合、チャンスじゃない！」

「だって、ランチ代もきつくてお昼抜きにしてるんだよ。それでおごってもらったら……本末転倒ってヤツじゃない」

　一緒に夕飯まで食べられるなら、むしろ聡美のほうがおごりたいくらいだ。だが、さすがにそれでは、亮介の〝男の面子（メンツ）〟を潰（つぶ）すことになる。

　だから聡美は『わたしが作ったお弁当を、喜んで食べてもらえるのが嬉しいんです。夏のボーナスが支給されたら、新入社員さんも少しは余裕ができるでしょう？　それまでは、お昼は手作り弁当で我慢してくださいね』と伝えたのだ。

　夏のボーナス支給日は七月上旬。

　彼のためにずっとお弁当を作って持って行きたい。だが、さすがにずっと続けていたら、周囲から指導係以上の関係を疑われてしまうだろう。

社内恋愛が禁止なわけではないが、噂になれば、それが事実でない以上、お互いに働きづらくなる。

「あ、でも、安心して！　ボーナスが出たら、今度こそ夕飯をおごらせてほしいって。山本さんから言われちゃった」

「言われちゃった……じゃないでしょ？　ホントにもう」

悠里は額を押さえ、大きく深呼吸した。

（うーん、これは長い説教モードになりそう）

聡美が、どうやって話を逸らせようか、と思ったとき、テーブルの隅に置かれた悠里のスマートフォンが、着信の点滅を始めた。

「あ、ほら、電話！　電話かかってきてるよ」

「わかってるわよ」

チラッと見て、悠里は口の端を引き結ぶ。

液晶画面に映っている名前は、水瀬暁の文字。都内の大学病院で救急外来医をしている悠里の恋人の名前だった。

「出ないの？」

「で、出るけど……ごめん、ちょっと」

スマートフォンを掴むと、悠里は足早に専用ラウンジから出て行った。

聡美にとって初めての彼ができた合コンで、悠里が出会った男性が水瀬だった。同じ歳で、国立大学医学部の学生。ふたりとも恋愛に重きを置くタイプではなく、デートの回数は世間一般よりだいぶ少ないと聞いたことがあった。

それでも、十年も交際を続けている。

（わたしのほうは……デート一回で終了だもんね。比べるのもおこがましいって感じ）

もはや、ため息をつく気にもならない。

悠里は『私たち三人の中で、結婚一番乗りは聡美だと思ってたから』と言ったが、聡美は内心、彼女のほうが先に結婚するのではないか、と思っていた。

夢と憧れだけで中身のない自分より、よほど真実の愛の近くにいる、と。

五分ほどして悠里は専用ラウンジに戻って来た。

「あー、もうっ！」

水瀬とケンカでもしたのだろうか。

目に見えて苛々した様子で、悠里はドサッと座り込んだ。

「どうかした？」

ひと言だけ尋ねたあと、聡美は黙って待った。悠里はせっついても話してくれないので、これ以上はこっちから聞かないほうがいい。

すると、思ったとおり、一分後には悠里のほうから訥々と話し始めた。

「実は……暁とはもう別れようって、三ヵ月前に話して、それっきりだったのよ」

「嘘っ⁉　どうして？　だって、香子さんと違って、ケンカしてる感じでもなかったし」

「そりゃそうよ。顔も合わさなきゃ、電話もないのに、どうやってケンカするわけ？」

大学を卒業して新卒採用なら、三十歳になればそれなりの仕事を任されている。主任や係長といった肩書を持ち、部下がいる者も少なくない。

だが医者の場合は、まだまだ半人前と言われる立場らしい。

その反面、忙しさは半端ではなく、ここ何年もまともなデートをしたことがない、とさすがの悠里も愚痴をこぼした。

「とうとう我慢できなくなってね、こっちから別れ話をしたの。そのままずっと連絡なかったから……ああ、終わったなぁ、って。それなのに、急に会いたいって。私が行くまで待ってる、とか……今さら、笑っちゃうわよ」

今さらと言いつつ、そわそわしている悠里は、やっぱり可愛い女の子だと思う。

「だったら行かなきゃ！」

「でも、香子のお祝いで……せっかく予約して」

「香子さんにはわたしから話しておくから」

「でも……さ、なんで向こうの都合に、私ばっかり合わせなきゃならないのか……」

ごちゃごちゃ言う悠里の返事を無視して、聡美のほうがパッと立ち上がる。

するると、つられたように悠里も腰を上げた。

「ほら、早く行かなきゃ。水瀬さん、また仕事で呼び出されちゃうよ。あ、ホテルの当日キャンセルはできないから、お金はちゃんともらうからね！」

冗談めかして背中を押すと、悠里も覚悟を決めたようだ。

「――ごめん！　あ、ルームサービス分は私のおごりだから、ジャンジャン頼んで。香子にも謝っておいて。あ……これとビンボー男の件は別だから。――じゃ、ちょっと行ってくる」

パンッと両手を合わせたあと、気前のいいことを口にしつつ……それでも、亮介の件は見逃してくれる気はないらしい。

聡美が苦笑しながら悠里の背中を見送っていると、今度は聡美のスマートフォンから着信音が聞こえたのだった。

☆　☆　☆

二十階の専用ラウンジで電話を受けた約二十分後――聡美はホテルの六階にあるオリジナル

フレンチレストランの前にいた。

(香子さん、いい席取ってくれたんだ。でもフロントだけじゃなく、レストランまで人数変更が伝わってるなんて、仕事早っ)

　感心しながら緊張気味に腰を下ろした。

　三人で食事に行くとき、香子は勉強のため、悠里は接待用の事前準備として、ホテルの一流レストランに付き合わされることは少なくない。

だが、聡美ひとりでこの手のレストランを利用するのは初めての経験だ。

ホールマネージャーのおかげで多少なりとも不安は解消したが、それでも周囲の視線が好奇に満ちているように感じてしまう。

　何より気になるのは、聡美の席から一番近い、同じような夜景が見られる席に座ったカップルだった。

　案内されたときに目が合った女性は、優雅という言葉がぴったりの美人だ。男性はこちらに背中を向けて座っているので、わずかに振り返ったとき横顔しか見られなかった。だが、それだけでも充分に整った面立ちの美男子だとわかる。『イケメン』なんて軽く呼んでは、申し訳ないレベルではないだろうか。

　ふたりとも聡美と同じ年代に見える。

だが、同じなのはその点だけ……。

（やっぱり、場違い？　なんか、チラチラ見られてる気がする）

カップルの席は聡美の右手側。男性のほうが聡美に近いが、わざわざ振り返ってまでこちらを見たりはしないだろう。

ということは、この視線の主は女性のほうに違いない。

（〝おひとり様〟だから？　ひょっとして彼氏にドタキャンされた可哀想な女、とか思われたりして。いやいや、気のせい、だよ……うん、自意識過剰ってことで）

気持ちを切り替え、乾杯用に出されたスパークリングワインをひと口飲んだ。そのまま、スプーンに盛り付けられたアミューズのキャビアをパクッと食べる。

「あ、美味しい！　このキャビア、本物だ」

つい、そんな独り言を口にしてしまう。

そのとき、小さな笑い声が聞こえた気がして……。

聡美は口元を拭い、かしこまった顔をして姿勢を正した。

香子が予約してくれた女子会プラン、コースの内容はだいたい決まっている。いくつかの選択肢もあるが、追加料金で素材のグレードをアップするかどうか、といったところだ。

でも、聡美に確認することなく、オーダーは次々と出てくる。

どうやら、香子は人数の変更をしたとき、素材を最高グレードのものに指定してくれたらしい。

オードブルのテリーヌのあとは、鮑と蟹を使った魚料理、牛フィレ肉の上に分厚いフォアグラが乗ったメインの肉料理と続く。柔らかなフォアグラと一緒に牛フィレ肉もひと口大に切り、重ねたままで口に運ぶと、お肉もフォアグラ同様、口の中でほろほろと蕩けていった。

目の前には美しい夜景が広がり、めったに食べられない料理に頰っぺたが落ちそうだ。

黙々と食べているのがもったいなく感じ、

「もう、最高！　これだったら、三人分でも食べられそう」

聡美は幸せいっぱいに呟く。

次の瞬間、フッと鼻先で笑われた気がして……聡美は顔を上げて辺りを見回した。

窓ガラスには、右隣の席に座るカップルの男性が映っている。薄暗くて絶対とは言えないが、ガラス越しに視線が絡み――聡美はドキッとした。

日本人に違いないと思うが、パッと見た感じは外国人俳優のようだ。前髪やサイドをハードワックスで根元から立たせるという、ニューヨークのビジネスマンと言われても納得できるヘアスタイルのせいかもしれない。

（こういう人って苦手。っていうか、男の人そのものが苦手なんだけど、この人が着てるスーツ、メチャクチャ高そうなオーダーメイドっぽいもの）

今の聡美にとって、唯一苦手でない男性が亮介だった。

男性の視線を避けるため、サッと顔を伏せる。どうせならここに亮介がいてくれたら、と虚しい夢が浮かんできて……。

利那──。

「ちょっと、いい加減にしてくださらない⁉　目の前に座っているわたくしより、後ろの可哀想な女が気になるっていうのかしら？」

険のある女性の声が聞こえてきた。

彼女の言う『可哀想な女』とは、自分のことに違いない。やっぱり、という思いが頭に浮かび、身の細る思いだ。

（誰だって思うよね……でも、わたしのことが気になるって、どういう意味？）

刺々しい女性の声に比べ、男性は掠れたような声で「──よせ」といった短い言葉を呟くだけなので、よく聞こえない。

「三ヵ月ぶりに連絡をくれたと思ったら、急にこれまで来たこともないホテルのレストランでディナーだなんて……。両親に行けと言われなければ、来るつもりはありませんでしたわ。もちろん、両親が気に入っているのはあなたの会社……」

「──黙れと言ってる」

ほんの少し、背後の男性も声を荒らげた。

目の前の女性を恫喝するような低い声。あまり聞きたくない種類の声なのに、聡美の心になぜか引っかかる。

「失礼いたします」

その声にハッとして顔を上げる。

テーブル横には先ほどのホールマネージャーが立っていた。

「デザートをお持ちする前に、個室にご案内させていただきたいと思うのですが、いかがでしょうか？」

ひと組のカップルがケンカを始めたこと。しかも、その原因が聡美であるらしいことを察し、移動してほしいと言っているようだ。

聡美は何もしていないのに、と言いたいが……。ホールマネージャーが申し訳なさそうにしているところを見ると、彼も承知の上なのだろう。この状況でカップルのほうに移動を願い出たら、火に油を注ぐことになりかねない、と。

だが、デザートを残すのみで個室に移るのも面倒だった。

「いえ、あの、デザートは部屋まで届けていただけますか？　ひとりでのんびり、いただきたいと思います」

聡美がにっこり微笑むと、

「承知いたしました……申し訳ございません」

ホールマネージャーは安堵の息を吐いた。

ナプキンをテーブルに戻しつつ、聡美は椅子から立ち上がる。そのまま入店時に案内された通路を戻れば、背後のカップルと顔を合わせずに済むだろう。

そう思った直後、ふたたび女性の声が聞こえた。

「言いたいことがあるなら、はっきり言ったらどう？　聞いてるの？　リョウスケさん‼」

彼女が『リョウスケさん』と男性の名前を呼んだ瞬間、聡美の足が止まった。

（『リョウスケ』って言った？　山本さんの名前が、たしか『亮介』だったけど……まさかね。だって、よくある名前だし）

統計をチェックしたわけではないが、漢字はいろいろあったとしても、『リョウスケ』という読みの名前はそう珍しくないはずだ。

そんな理屈をこじつけ、自分を落ちつかせようとするが……。

実を言えば、聡美は先刻からこの男性の声が気になって仕方がなかった。振り返って、彼の顔をきちんと見てみたい衝動に駆られる。

だが、こちらまで興味のある素振りをしたら、彼女のほうの怒りは沸点まで達するだろう。

今は男性に向いている怒りが、聡美のほうに向かってくるのは明白だった。

（でも……なんか気になる。ちょっと……ほんのちょっとだけなら）

苦肉の策で、聡美は忘れ物を確認するように椅子の周辺を見回した。そのついでに、ほんの少しだけカップルの席に目を向ける。

ところが、なぜか男性もしっかりとこちらを見ていて――。

意図したわけではなかったが、目が合った瞬間、聡美は動けなくなる。

その男性は、伏し目がちな亮介とはまるで印象が違った。メガネをかけていないせいかもしれないが、実に堂々とした態度だ。

（似てる？　似てない？　うーん、あ、でも気がついちゃった。わたし、山本さんの顔って真正面からしっかり見たことないかも）

少しでも目が合うと、恥ずかしくなって顔を背けてばかりいた。じろじろ見るなど論外だろう。もともと、彼の顔に恋したわけではない。聡美にとって、亮介がイケメンであろうとなかろうと、たいした問題ではなかった。

そう、問題はないのだけれど……ひょっとしたら、地味な髪型と態度のせいで、メガネの奥に隠された亮介の顔も地味に違いない、と思い込んでいただけかもしれない。

とはいえ、目の前の男性は地味どころか完全無欠の容姿をしている。

（いやいやいや、顔だけじゃなくって、服装だって違い過ぎでしょ？）

高そうなのはスーツだけではない。身につけているもの、ネクタイ、時計など、亮介が持っているものと比べて、桁がふたつくらい違って見える。

目の前にいる『リョウスケ』は、聡美の知っている地味で貧しい山本亮介とは似ても似つかない。

理由はいくつもあるのに、どうしたことか目が離せなかった。

「お客様？」

ホールマネージャーから声をかけられ、ようやく我に返る。

（やだ、ボーッとしてた。わたしの知ってる山本さんが、こんな場所でこんな格好で、女の人と食事してるはずが……ない、よね？）

どんどん自信がなくなっていく。

だが、いつまでも立ち止まっているわけにはいかなかった。

「あ、はい、すぐに」

「ちょっと待ってくださらない」

出入り口に向かって歩き始めようとしたとき、聡美を呼び止めたのは例の女性だった。彼女は唐突に立ち上がり、近づくなり聡美が手に持っていたルームキーを取り上げた。

「え？　な、なんですか？」

「やっぱり！　スイートのルームキーじゃない！　ひとりで泊まるわけないわよね？　そういうこと……上で約束していたけど、待ちきれなくて迎えに来たってことね‼」

女性は聡美より背が高く、腰まであありそうな長い髪をしていた。

ルームキーを取り上げた指先には、美しく繊細なネイルアートが施されている。しかも手荒れひとつなく、労働とは無縁の手に見えた。

「約束って、なんのことですか？」

「とぼけないで……」

さらに、にじり寄って来そうになったが、男性が阻むように立ち上がった。

「やめないか！　これ以上、私に恥を掻かせないでくれ」

わざとらしい気取ったような口調だ。

話し方は全然違うのだが……意識的に声色を変えているように思えなくもない。そんな気持ちでみつめていると、彼の立ち姿や振る舞いに既視感まで覚え始め――。

「あ、あの、失礼ですが」

黙っていられず、聡美は亮介の名前を尋ねようとした、そのとき、

「マネージャー、連れが場を騒がせて申し訳ない。デザートはキャンセルさせてもらう」

男性は聡美の問いかけを封じるように、ホールマネージャーに声をかけた。

聡美はとっさに、気後れしたように黙り込む。

だが、彼の連れの女性は逆だった。自分たちのテーブル近くまで戻った彼女は、怒り心頭とばかりに手近なワイングラスを掴んだ。

そして振り向きざま、

「よーくわかったわ。わざわざキャンセルしてくださらなくてけっこうよ。さあ、この女と召し上がれ‼」

彼女はあろうことか、ワイングラスの中身を聡美に向かってぶちまけた。

聡美はギュッと目を閉じ、覚悟を決める。だがいつまで待ってもワイングラスの中身――赤ワインが、彼女に降り注ぐことはなかった。

恐る恐る目を開けると、いつの間にか、聡美と彼女の間に、『リョウスケ』という名の男性が立ちはだかっていたのだ。

赤ワインのほとんどは、彼の高級スーツと白いワイシャツに吸い込まれていく。聡美のほうまで飛んできた小さな雫(しずく)は、通勤用のスーツに点々と染みを残す程度だった。

「謝るつもりはありませんから。わたくしを馬鹿にした罰だわ！」

彼女はそう言い放つなり、ワイングラスを乱暴な仕草でテーブルの上に置き、つかつかと歩いて行ってしまう。

聡美はしばらくの間、呆気(あっけ)に取られていた。

(何？　いったい、何が起こったの？)

「大丈夫でございますか？　山本様、すぐに替えのお召し物をご用意させて……」

「私より、こちらの女性に。スーツとディナーを台無しにしてしまったお詫(わ)びが先だ」

彼の言葉にハッとする。

聡美は慌ててバッグからハンカチを取り出した。

「だ、大丈夫、ですか？」

「私のことはお気になさらず――。あなたに不快な思いをさせて、本当に申し訳ない。すべてこちらの責任です」

彼は顔を背けながら答える。

誰が悪いのか、誰に責任があるのかはともかく、目の前でワインを滴らせている人に文句を言う気にはなれない。

ホールマネージャーもお手拭きやタオルをいくつも用意させている。しかし、自分より聡美を優先させるよう言われたせいか、それ以上のことはできず困り果てているようだ。

(すごい……ドラマや小説みたい。っていうか、全部あの女の人の誤解なんだけど。わたしみたいな平均点女が、あんな美人の恋人を奪ったりできるはずないじゃない)

決して愉快な経験ではないはずなのに、不思議と怒りや動揺はなかった。

むしろ気分が高揚してしまっている。あまりにも非日常的過ぎて、心が追いついていないのかもしれない。

妙に冷静に自分のことを分析しつつ、聡美は横を向いた彼の頬や首筋にハンカチを押し当て、赤紫色の水滴をそっと拭った。

「あの……わたし、上に部屋を取ってるんで、そこでシャワーでも浴びますか？　スーツだけじゃなくて、ワイシャツやネクタイにもかかってて、インナーにも……。シャワーの間に、クリーニングしてもらえると思うので」

よけいなことかもしれないが、乗りかかった船という言葉もある。

「いや、でも、あなたにそんな迷惑をかけるわけには」

彼はそう言うと、サッと前髪をかき上げた。

ハードワックスで固められていた髪型が崩れ、パラパラと額を覆う。メガネこそかけていないものの、既視感どころではない感覚が聡美の中に生まれ……。

そのとき、ホールマネージャーが口走った彼の名前を思い出した。

『大丈夫でございますか？　山本様』

（山本っていうのもよくある苗字だし……でも、山本『リョウスケ』？）

ハンカチを握った手が、ピタッと止まる。

「山本さん？　ひょっとして、山本亮介さん、ですか？」

聡美の質問を聞くなり、亮介の頬がピクッと震え、額にも汗が浮かび始めて――。

第二章　恋は突然、動き始める

（こ、こんなに、すごい部屋だったんだ）

二十四階のスイートルームに足を踏み入れ、聡美は言葉を失う。

最初の予定では、いったん部屋に入り、ドレスアップしてからレストランに行くつもりだった。せっかくの豪華レストランのディナーに、通勤用スーツのままでは楽しくないと思ったからだ。

だが、予定外にもひとりになってしまった。そのため、逆にドレスアップするほうが恥ずかしく思え、着替えの入ったトートバッグだけ部屋に運んでもらったのである。

パリの高級レジデンスをイメージしたというその部屋は、リビングだけで聡美のマンションの部屋がすっぽりと収まってしまいそうだ。

アンティーク風のシャンデリアが天井から吊（つ）るされ、壁には疑似暖炉が設置されている。それだけでもゴージャスなのに、疑似暖炉の前に置かれた大型のラウンドソファは、聡美の部屋にある折りたたみのシングルベッドより寝心地がよさそうだ。

「七原さん、やっぱり、ここで失礼しましょうか？」

リビングに入るなり固まってしまった聡美に、亮介のほうが声をかけてきた。

「い、いえ、あの、シャワーを……あ、あれ？　バスルームってどこでしたっけ？」

キョロキョロと見回すが、目に入ったのは隣の部屋に置かれた二台のベッドのみ。仕切りはあるものの、扉はなかった。

ベッドが丸見えなのは、亮介に寝室を見せているようで少し恥ずかしい。

すると、そのベッドルームに亮介はつかつかと入っていった。

「や、山本さん⁉」

「この部屋のバスルームは、ベッドルームの奥にあるんですよ」

さらりと言われ、聡美は慌てて彼のあとを追う。

「そうなんですね……あの、ひょっとして、山本さんは、このホテルをよく利用している、とか？」

すごく気になることだったので、つい口にしてしまったが……。

（よけいなお世話、だったかも）

バスルームへの入り口にも扉はなく、洗面台が正面に見えた。

「よく利用しているわけじゃないですが。ところで……僕なんかを部屋に招き入れても、七原さんの恋人は何も言いませんか？」

「は？」

言葉遣いは会社での彼に戻っている。でも、抑揚のない冷ややかな声は、レストランにいたときと同じだった。

この女性の扱いにスマートなイケメンが亮介の本質であるなら、聡美の知っている穏やかで春の陽射し(ひざ)のように暖かく、礼儀正しい彼は何者なのだろうか？

どちらが本当の亮介なのか、聡美はそのことばかりが気になる。

「いや、七原さんには系列ホテルに勤めているご友人がいて、今夜このホテルのスペシャルフロアに泊まる予定だ、と耳にしたもので。そのご友人があなたの恋人なのだろう、と」

背中を向けたまま言われるが、亮介にこのホテルに泊まる話をした覚えなどない。

亮介の前で、親友が結婚するのでお祝いの女子会をする、なんてことを話題にしたくなかった。なぜなら、調子に乗って自分の結婚観まで口走ってしまいかねないからだ。

聡美には悪い癖がある。素敵な人だな、と思ったら、すぐに結婚まで想像してしまう。

この人となら、どんな結婚式になるだろう。新婚旅行はどこに行って、新居はどこにしようか……みたいな。

実を言えば、亮介との恋愛や結婚についても何度となく想像した。

彼なら、憧れだけで一度も叶(かな)えたことのない、お弁当を持ってピクニック気分のデートも叶えてくれるのではないか、と。

（あなたに借金があるなら、わたしにも協力させてください……だって、夫婦になるんですもの。――なぁんてセリフ、言ってみたいなぁ。悠里さんには大説教されそうだけど）

プロポーズのシーンまでいくつもシミュレートしたくらいだ。

でも、言葉にしたらそこですべてが終わってしまう。

今の一線を引いた、仕事だけの関係が一番心地よい。夢の中の彼は、聡美の理想のままでいてくれる。幼稚な夢だと笑うこともなく、彼女に付き合ってくれるのだ。

「それとも、本当にドタキャンとか？」

「いえ、あの、ドタキャンはドタキャンなんですが、友人は彼じゃなくて彼女です。女子高からの親友で、彼女の結婚が決まったので、お祝いをしようってことになって……」

聡美が苦笑しながら事情を話すと、亮介は振り返って彼女の顔をじっとみつめてきた。

そのまなざしがあまりにも真剣味を帯びており、聡美はどきまぎしてしまう。

「フィアンセの実家から呼び出されたら、どうしようもないですからね。もうひとりの親友も恋人からの呼び出しだったので……立て続けに、親友の結婚式に出席することになるかも」

「じゃあ、七原さんに結婚の予定ができたというわけでは？」

「ち、違います！　全然、ないです。山本さんのほうこそ、あ、あんな綺麗な人と……」

「彼女とは、その……専務の紹介で、数回食事をしただけで……今夜もその延長というか。ただ、ああいうレストランにひとりで行くわけにも……あ、いや」

ふいに、亮介の顔から冷ややかな仮面が外れた。

どうしたことか、彼はしどろもどろになって釈明しようとする。

(ああ、今の彼って会社での山本さんだ……っていうことは、彼は本当に本物なんだ)

言葉にできない微妙な感情が湧き上がってくる。

ついさっきまでの彼は、いったいなんだったのか……それを尋ねていいのかどうかもよくわからない。

「と、とにかく、シャワーを使ってください」

彼をバスルームに押し込み、深く考えないままスーツの上着を脱がしていく。

あとから思えば、聡美らしくない、とんでもなく大胆なことだ。だがこのときは、兄の世話をしている気分だった。

聡美の兄、征樹(まさき)は亮介と同じ三十一歳。

兄が高校生になったころから、七原家の主婦は聡美だった。その後、兄は都内の大学に進学し、就職後もしばらくは実家に住んでいた。その間に入院中の祖母が亡くなったこともあり、兄の私生活はかなり長い時間、聡美におんぶに抱っこという状態だった。

酔っぱらって夜中に帰って来たときは、一張羅のスーツがシワにならないよう脱がせてやったり、本格的に眠り込んでしまう前に部屋まで連れて行ってやったり……甲斐甲斐(かいがい)しく世話をしたことを覚えている。

（ああいうのって、お母さんじゃなきゃ、奥さんの役目よね）

世話を焼くなら、口も出したくなるのが人の心というもの。

『遅くなるなら電話くらいしてよ』

『あんまり飲み過ぎたらダメ』

ついつい口うるさくなる聡美に、

『おふくろが、ふたりいるみたいだ』

兄がそんな不満を言うことも増えてきて……。

ちょうどそのころ、長年連れ添った祖母の死をきっかけに、祖父が認知症を発症した。その後いろいろあり、母は仕事を辞め父の赴任先に、そして、成人していた兄妹三人とも実家を出ることになった。

だが、ひとり暮らしというのは何年経っても寂しくて慣れない。

たとえ文句を言われても、家族のためにいろいろするのは楽しかった。

「上着、すぐにクリーニングに出しておきますね。ワイシャツも出しますか？　でも、これって落ちるのかな？」

つい、うきうきしながら染みの心配をしてしまったが……ネクタイをほどき、ワイシャツの第三ボタンを外したとき、聡美の手がピタッと止まった。

（ちょっと待って、お兄ちゃんじゃないんだから、ここまでしたらダメなんじゃない？　っていうか、誤解される？）

悩み始めた聡美の目に、想像以上に美しい彼の鎖骨が飛び込んできた。

彼女は一瞬で正気を取り戻し、そのまま動けなくなる。

そのときだ。

「ワイシャツも、クリーニングに出してくれていいよ」

いつもの声を濃厚なチョコレートフォンデュに浸したような……聞き慣れない甘い声が耳に滑り込んできた。

「そっ、そうですね」

「世話をかけて悪いけど、そのまま脱がせてくれる？」

聡美は心臓が口から飛び出すかと思うくらい、ドキンとする。

（な、何……この声？　腰が抜けそう……）

エロティックと言えばいいんだろうか。二十八年の人生で一度も耳にしたことのない男性の色っぽい声に、聡美は神経が溶けて落ちてしまいそうだ。

「は……は、い」

それだけしか言えず、とにかく必死でボタンを外していく。

だがこのままだと、確実に彼の半裸を見ることになるだろう。すでに、六つに割れた腹筋がチラチラと見え始め、自分でもおかしくなくらい息が苦しくなる。

「クリーニングはスーツの上着だけじゃなくて、スラックスのほうも出しておいてもらえるかな？　ベルト、外せる？」

耳元に吐息が触れた瞬間、頭の中が真っ白になった。

これは何かを期待されているのだろうか、と思う反面、勘違いだった場合は、穴を掘って埋まってしまいたいくらい恥ずかしいことになるのは明白だ。

「ベル、ベルト……ベルトですね。ええ、外し、外せ……外せると……」

聡美は答えを出せないまま、彼の言葉を繰り返す。ワイシャツのボタンを一番下まで外し、そのままベルトに手を伸ばしていた。

その手を、亮介がギュッと握りしめる。

（こ、これ、これって⁉）

聡美の息が止まった。

彼の顔を見上げようと思うのだが、怖くて上が向けない。

「もう、いいですよ。――七原さんは無防備過ぎるな。この世の中にはろくでもない男が大勢いて、警戒心の薄いウサギを虎視眈々（こしたんたん）と狙っているんです。少しは気をつけないと」

甘やかさが消え、嘆息とともにそんな言葉が降ってくる。

「それは、すみませ……んっ」

そして、条件反射のように聡美が謝ろうとしたとき――今度は言葉ではなく、亮介の唇が降ってきたのだ。

想像より柔らかな唇が、聡美の唇に押し当てられる。

丸っきり警戒していなかったキスに、目を閉じることもできない。焦点の合わない瞳に、洗面台の鏡に映るふたりの姿がぼやけて見えた。

直後、大きな掌が彼女の目を覆う。

「目は……閉じたほうがいい」

ふたりの唇の間にほんの少し隙間ができたとき、亮介がささやいた。

吐息で伝わってくる言葉が、ひどく扇情的で……聡美には逆らうことなどできない。言われるまま目を閉じる、と同時に彼の手が腰に回され、強く抱き寄せられた。

しだいに深くなる口づけに、聡美の身体は熱くなり、気が遠くなりそうだ。

(キス……してる。これって、やっぱり口説かれてる？　それって、山本さんもわたしが好きっていうこと？)

臆病な聡美が引いた線を、亮介のほうから乗り越えてきてくれた気がした。

そう思い始めると、仕事だけの関係が一番、片思いの今が幸せ——そんな勇気の出せない言い訳が一瞬で吹き飛んでしまう。

凝り固まっていた心と身体が、キスの温もりでほぐされていく。

躊躇いはしだいに感じなくなり、そっと伸ばした指先が彼の脱ぎかけのワイシャツに触れた

とき、聡美はギュッと握りしめていた。

そして、ふたりの唇が離れ、

「君は、いろいろと簡単過ぎる」

「かん……たん？」

もっと優しい、愛の告白を期待していた聡美の耳に、流れ込んできたのは予想もしない辛辣(しんらつ)な言葉だった。

「見た目や肩書きで態度を変える女……まあ、たいして珍しくはないけど」

ようやく芽生えた勇気が、力いっぱい踏み潰されたのだ。

聡美は自分が道端の雑草に思え、息苦しいほど切なくなった。

「ドタキャンの相手が、男でも女でもどっちでもいいさ。代わりに、今夜は僕が付き合おうか？　楽しい夜にしてあげられると……」

次の瞬間、聡美は彼の胸を思いきり突き飛ばしていた。

聡美の人生において、初めて訪れた〝運命の恋〟だと思った。

だからこそ、彼のキスに応え、飛び込んでみる勇気も生まれたのに……。

そのすべてが、信じられないくらい軽いものに捉えられていたことを知り、聡美の心は一瞬で亮介の存在を締め出した。

「好き、だったのに。真面目で、誠実で、温かくて、とっても優しい、理想の人だと思ったのに。あなたが、こんな人だったなんて……」

そんなことを言うつもりはなかった。

だが、簡単に男性の誘惑に応じる『見た目や肩書きで態度を変える女』だと思われていたことがショック過ぎて、黙っていられなかった。

「あ……あの、それは」

亮介が何か言い出そうとしたとき、ドアベルが室内に鳴り響いた。

「ク、クリーニングは、ご自分で、出してください。急ぎだと、三時間くらいで仕上がるそうです。わたし、それまでの間、外に出てますから」

早口で伝えると、聡美は泣き顔を隠すようにして部屋から飛び出した。


約三時間後――聡美は二十四階の部屋に戻った。

最初はレストルームに飛び込み、落ちつくまでずっとそこにいた。そのまま時間が過ぎるのを待とうとしたが、さすがに三時間は長い。

しかも、あまり長い時間、同じことばかりを考えていると、

（ああ、なんであんなこと言っちゃうかなぁ。誤解されることは、これまでもあったのに。どうして、今回に限って）

そんな後悔ばかりが浮かんでくる。

だが、それだけ亮介のことを信じていたのだ。それだけの信頼を築き上げてきた時間を思うと、やはり悲しいものがある。

月曜日から、普通に仕事ができるだろうか。たかがキスとはいえ、これまで同じ会社の人と親しくなりかけたことは一度もない。

亮介のことを、好きにならなければよかった。

あるいは、片思いだけでとどめておけばよかったのだ。キスに浮かれて両思いだと思ったり、期待どおりにいかなくて勢いで告白したり……。

(ああ、もう……最悪)

重い足取りでベージュの絨毯(じゅうたん)の上を歩く。

そして、廊下の角を曲がった瞬間——聡美の目に亮介が飛び込んできた。

なぜかわからないが、彼は先ほどとは全く印象の違う黒いシャツ姿だった。スイートルームの扉の近くで、壁にもたれかかるようにしている。

(どうして?　クリーニングは仕上がって、部屋まで届けたって確認したのに)

そう思ったとき、亮介がこちらを見た。

まさか、また逃げ出すわけにもいかず、聡美はベージュの絨毯を睨むようにして彼の前まで歩いて行く。

「もう……お帰りになったと思ってました。まだ、何か？」

　できる限り感情を抑えて尋ねる。

　すると、亮介は唐突に頭を下げた。

「申し訳なかった」

「そ……そんなことを、言われても」

　それ以上は何も言えない。

「とにかく、謝罪だけはしておきたくて、君が戻るまで待っていたんだ」

「それは……でも、どうして廊下で？　それに、ワイシャツの染み、落ちなかったんですか？」

　彼は首を振ると、横に置かれた紙袋を指した。中には畳まれた上着とビニール袋に入った白いワイシャツも見える。

「ぴったり三時間で仕上がってきた。でも、君を追い出しながら、僕が居座るわけにはいかないだろう？　かといって、半裸で廊下にいたらホテルの人に迷惑をかけるから」

　ホテルに頼んで、すぐに着られるシャツを調達してもらったのだという。

　ということは、聡美が部屋を出てからずっと、亮介もこの扉の外に立っていたということになる。

「電話……してくださったら、よかったのに」

「いや、携帯番号も、メアドも聞いてないよ」

「そ、そういえば、そうでしたね」

普通に話そうとすればするほど、緊張のあまり意味不明なことを口にしてしまう。情けなさと恥ずかしさに亮介の顔を見ることもできず、聡美はうつむくだけだった。

（これじゃ、いつもと逆じゃない）

そう思いながらも、聡美の身体は不必要なまでに亮介と距離を取ろうとする。

「リビングにレストランのデザートが用意されてる。アイスクリームは冷凍庫に入れておいてもらった。追加分は……僕からのお詫びだと思ってほしい」

「お詫びなんて、いただくわけには」

「いや、本当にすまなかった。泣かせるつもりはなかったんだ。ただ……」

亮介が言葉に詰まった瞬間、聡美は彼の顔を見上げた。

バスルームにいたときの彼は、あからさまなほど男の色香を匂わせていた。でも今は、仕事中と同じような落ちつきを取り戻している。

聡美のほうは完全に動揺したままなのに……。

その点を考えても、亮介がこういったこと——女性の扱いに手慣れているのだと、思い知らされた。

（それって、やっぱり、けっこうショックかも）

聡美はキュッと唇を噛みしめる。

「ただ、会社での僕に声をかけてくれる女性社員は、正直言って君だけだろう？　女性はこういう格好の男のほうがいいみたいだし……。君もやっぱりそうなんだと思ったら、ちょっとショックで」

言い訳といえばそれまでだが、亮介の釈明は彼女の心に響いた。

ひょっとしたら、彼も聡美と同じで、裏切られたような気持ちになったのかもしれない、と。

そんなふうに思うだけで、胸の鼓動が激しくなる。

亮介はノブを掴んで回し、ゆっくりと開いて行く。

「さあ、どうぞ。僕はこれで失礼するから」

「はあ……いろいろと、すみません」

聡美がスイートルームに入ると、背後で扉が閉まった。

心残りはたくさんある。このまま、亮介を追い返すような形になっていいのかどうか。今の彼は、バスルームで聡美にキスした時の彼とは違っていた。

（キスに応じたのは、山本さんの見た目が変わったからって思ってたの？　でも、それが誤解ってわかってくれたんだ）

ちゃんと彼の顔を見て『気にしていません』と伝えるべきだろうか？

だが、たとえ勢いとはいえ、聡美は彼に恋心があることを告白してしまっている。

（そういえば、何も言われなかったけど……。あれって、どうなるの？）

できれば、あのキスから先のことを、全部なかったことにしてほしい。

もちろん聡美の告白も、聞かなかったことにしてくれないだろうか。今夜、亮介とは会わなかった、ということで、これまでどおりの先輩後輩に戻れたら……。

そこまで考え、思考が固まった。

（本当かな？　本当に、それでいいと思ってる？）

聡美は心の中で、自分に問いかけてみる。

あのキスは、決して嫌ではなかった。それどころか、恋が実ったように思えて、自分から彼に抱きついてしまったくらいだ。

初めてのキスというわけではないけれど、もっとキスされたい、キス以上のことも彼となら経験してみたい、と思えたのは初めてだった。

落ちつかない気持ちのまま、リビングに足を踏み入れ――。

「何……これ……」

聡美は思わず、声が出ていた。

いったい、どこから持ってきたのだろう？　ピンクやオレンジのパステル系の薔薇（ばら）が、可憐（かれん）なかすみ草に引き立てられ、ソファセットの周りに所狭しと置かれていたのだ。

これだけの花を飾る花瓶を集めるだけでも、大変だっただろう。

しかもテーブルの上には、芸術的とも言えるくらい、美しく盛り付けられたデザートが並んでいた。どう見ても一人前とは思えない量だ。

そんな中、目に留（と）まったのは、ステンレスのクーラーに入れられたシャンパン。

お酒好きな親友ふたりと付き合ううちに、あまり飲まない聡美もけっこう詳しくなった。ピンク色のエチケットが見え、それが最上級のヴィンテージシャンパンだとわかる。

（これって、仲直りしようと思って用意してくれたのよね？）

胸の奥がじんとして……。

亮介の気遣いも知らず、女子高生さながらの頑（かたく）なな態度を取ってしまった。そのことが恥ずかしくて、身の置き所がなくなる。

先のことはわからない。だが、今このとき、自分が何をしたいのかはわかる。

聡美は身を翻（ひるがえ）してエントランスに向かい、扉から廊下に出た。

しんとした空気が廊下に広がっている。そこには、誰の気配も感じられない。

まだ数分、いや、もう数分と言うべきだろうか。彼はすでにエレベーターに乗り込み、レセプション階まで降りてしまったのかもしれない。仮に追いついたとしても、単なるお詫びだった、と言われる可能性もある。

たとえそう言われても、もう充分過ぎるくらい恥は掻いているのだから、今と大きな違いはないだろう。

そう思った瞬間、背中を押されるように走り出していた。

（そうよ。恥の上塗りでもかまわないじゃない。もともと、たいした評判じゃないんだし、どうせ、ふられるんだし）

廊下を駆け抜け、エレベーターホールにたどり着いたとき、黒いシャツを着た男性の背中が目に飛び込んできた。

「山本さん！」

聡美が呼びかけると、亮介は振り返った。その目は驚きに見開かれる。

「七原……さん？　何か、問題でも？」

「問題、大ありです。あんな、たくさんのデザート……わたしひとりでなんて、食べられません。シャンパンも、ひとりでは飲めないから……だから……一緒に、どうですか？」

途中で止めると勇気が萎(しぼ)んでしまいそうだった。

聡美はひと息に言いきったあと、ゆっくりと亮介の顔を見上げる。

（困ったような顔をしてたら、ど、どうしよ……。そのときは、こっちから先に、やっぱりいいですって言う？）

だが、目が合った瞬間、彼は相好を崩した。

「――喜んで」

それは長い間、聡美の中に溜(た)まり続けた心の澱(おり)が、綺麗さっぱり洗い流されていくような最高の笑顔で……。

聡美は亮介から、ますます目が離せなくなるのだった。

☆　☆　☆

『聡美ちゃん？　ああ、あの子はいい子だよ。うるさいこと言わないし、ケーキ一個おごっただけで大喜びしてくれるし、鍵を預けたら家のこともしてくれるし……』

大学四年のとき、交際三ヵ月の彼氏が友人とそんな話をしていた。

聡美の名前が出てきて、気恥ずかしさと嬉しさに、そのまま立ち聞きしてしまったのが運のつき、とでも言えばいいのか。

『ホント、都合のいい子ってヤツ？』

続く彼の言葉に、聡美の心は凍りついた。

彼はとても優しい人だった。

男性というのは、交際を承諾するとすぐに手を握ったり、キスしたり、ホテルに誘ったりするものだ。そんな男性観が聡美にはあった。でも彼は違っていて、『時間をかけてわかり合ってから、そういう関係になりたい』という彼女の気持ちを大切にしてくれた。

マンションの鍵を預けられ、『いつでも自由に来ていいよ』なんて言われたら、恋に疎い聡美が舞い上がっても無理はないだろう。

お互いに学生なので、ゆっくりと恋を育てていきたい。

そんな気持ちから、聡美は学生の自分にできる精いっぱいのことをしてあげようとした。彼もそれをわかってくれていると思っていたのに……。

『あれでセックスもOKなら完璧なんだけどな。落とすのは簡単だけど、一回やったら面倒くさいことを言い出しそうだから、まあ、家政婦代わりってことで我慢するか』

そのときの彼の笑い声を、聡美は今も忘れられずにいる。

「それが、わたしにとって最後の彼氏なの。でもね、三ヵ月も付き合ったのよ。三ヵ月……あ、たった三ヵ月って思ったでしょ？　でも、わたしにとっては最長記録なの！　恋人って思ってたのに……向こうにとってわたしは、ただの家政婦だったっていうだけ」

そこまで話すと、聡美は細長いフルートグラスに注がれた淡い金色の液体を、コクコクと一気に飲み干した。

まだ二杯しか飲んでいないはずなのに、身体はポカポカして、空を飛んでしまいそうなほど気持ちがいい。楽しくて、嬉しくて、女友達と話している気分で、普段なら話せないようなことまでペラペラと話してしまう。

「たった三ヵ月、とは言えないな。僕は三ヵ月も持ったことがないから」

最初はテーブルを挟んで、ふたりともソファの上にお行儀よく座っていた。それが、シャンパンの二杯目を飲むころには、揃ってシャギーラグマットの上に腰を下ろし……。

今は、亮介はいつの間にか聡美の隣に座り込んでいて、空になったフルートグラスに三杯目を注いでくれている。

「やっぱり……」

「やっぱり？」

「女の人をとっかえひっかえ、遊んでるんだわ。会社では真面目なフリして、こういうホテルのスイートルームとか、慣れてるみたいだし」

聡美は考えなしに、心に思ったことを口にしていた。

相手は同僚。しかも男性だ。いつもなら決して言わないことなのに、今夜ばかりはストッパーが外れてしまっている。

亮介は、そんな聡美に眉を顰（ひそ）めるでもなく、苦笑いを浮かべていた。

「こんな部屋でいつも遊んでいたら、たちまち破産すると思うよ」

「でも、今夜デートしてた女性も専務の紹介って……それって、野田専務のことでしょう？山本さんって、専務のコネで入社したって噂だし」

噂はほぼ確定とわかっていても、面と向かって聞く人間はいないだろう。

聡美自身、聞くつもりはなかったが、あまりにも近い距離と全身に回ったアルコールが、何も見えなくしてしまう。

「ああ、まあ、それは……。でも、野田専務の身内じゃないよ。専務は祖父の後輩だったと思う。祖母に頼まれて仕方なく、といったところだろうな」

言いながら、彼は自分のフルートグラスにもシャンパンを注いだ。

「じゃあ、女の人と三ヵ月も持たないのはどうして？」

「反抗期に祖母を困らせたくて、ちょっとばかりやんちゃが過ぎて、高校を退学になった。そのあとすぐ日本を出たから……。それ以降は一ヵ所にとどまることがなくて、女性との付き合いもその場限りの短いものになっていったんだ」

思いがけない告白に、聡美は彼の顔を食い入るようにみつめてしまう。

亮介はこの日本でも一ヵ所にとどまるつもりはないのだろうか？　その場合、サンワ食品にも長く勤める気はない、ということになる。

そんな聡美の心を読んだかのように、

「でも、根なし草のような暮らしはもう終わりにしなきゃな。三十過ぎて反抗期をやってるわけにはいかないし、若気の至りが通用する歳じゃない」

彼の言葉にホッとした直後、今度は別の不安が湧き上がってきた。

サンワ食品に根を下ろすというなら、そろそろ結婚も視野に入れて、ということに他ならない。

（わたしにもチャンスが……ある、のかな？　あったらいいなぁ）

フワフワした気分のまま、隣に座る亮介の顔を見上げる。

「山本さんなら、だーいじょーぶ」

「どうして、そう言える？」

「だって、総務の仕事もちゃーんとやってくれるじゃない。これまでもいたのよ、総務に配属された若い男の人。でも、うちの場合、総務は出世コースから外れましたって証だから」

他の会社はわからないが、サンワ食品の総務にいる若い社員はほぼ女性だった。

ミスが原因で総務にやって来る若い男性は、周囲の視線に耐えきれなくなる。しだいに欠勤が増え、最終的には辞めていく人が多い。

残っている人もいるが、そういう人はもう開き直っている。上司の前以外ではまともに仕事をしようともせず、要領よくサボってばかり。出世は考えず、とりあえず給料がもらえたらそれでいい、という考えらしい。

あとは定年間近の男性くらいだろう。

彼らは溜まった有休を消化するため、とりあえず総務に移ってくる。それまでと同程度の肩書きだけはついているせいか、間違っても庶務的な仕事はやろうとしない。いや、そもそもできないので、よけいなことをされたら逆に困るのだが。

「そりゃあ失敗もするけど、覚えは早いし、山本さんのそういうトコ、見てくれてる人は絶対にいると思う。専務のコネもあるんだし、本気になったらきっと……」

応援しているうちに、気づいてしまった。

亮介が認められて出世するということは、総務からいなくなる、ということ。しかも、メガネを外して今夜のような上質のスーツに身を包めば、あっという間に社内でも美人と評判の女性社員が群がるだろう。

それは聡美の出る幕が、ますますなくなるということにほかならず……。

意気消沈する聡美に向かって、亮介がポツリと呟いた。

「男はやっぱり、年収と肩書きってことか」

「そ、そういう意味じゃ……」

「でも、七原さんの希望も、野田専務のコネを使ってもっと出世しろ、ってことだろう?」

「え? わたしの希望を言ってもいいの? だったら、山本さんにはずーっと総務にいてほしい! っていうか、えっと……まあ、その」

思わず本音を言ってしまい、慌ててシャンパンを飲む。

微妙な沈黙がスイートルームのリビングに広がる。

「お酒が入ると素が出るっていうけど、会社にいるときより、よくしゃべるんだね。敬語じゃない七原さんもいい感じだ」

たしかに、いつもよりよくしゃべっている。

だが、家で缶ビールを飲んだときや、居酒屋のチューハイでは、こうもハイテンションにはならない。

飲んでいるのがシャンパンで、一緒にいるのが亮介だから……。

「それだったら、わたしより、山本さんのほうでしょ？　プライベートでは、声のトーンから話し方まで違うから、なんかびっくりしちゃって――」

「ちょっと、変なことを聞いてもいい？」

勢い込んだ様子で遮(さえぎ)られ、思わず身構えてしまう。

「な、何？」

「七原さんって、男性経験はない、よね？」

「⁉」

口調は遠慮がちなものに変わったけれど、勢いをつけたままのストレートな質問に、聡美は口に含んだシャンパンを吹きそうになった。

「ああ、いや、ごめん。最後の彼氏が一番長く交際していて、しかもセックスなしなら……そういうことかな、と。行きずりの男と一夜の関係とか、絶対になさそうだし」

「あ、当たり前じゃない‼　そんな、いい加減なことできないもの。キスだって、ちゃんと交際申し込まれてからって……あ、これまでは、そう思ってたから」

これではまるで亮介に、『キスしたんだから、交際を申し込んで』とせがんでいるみたいだ。

もちろん、そうなれば嬉しいと思う。だが、強制するつもりはない。

「なるほど。君と付き合うなら、結婚するまでセックスはお預け――ってわけだ」

「違うのっ！」

聡美は反射的に叫んでいた。

みんな誤解しているようだが、亮介だけは誤解したままでいてほしくない。

「そうじゃないの。わたしはただ……〝とりあえず〟とか、〝お試し〟とか、そういう軽い気持ちで親密な関係になりたくないだけなの」

亡くなった祖母が元気なころ、聡美に言ってくれたことがある。

『聡美ちゃんは女の子だから、身体は大事にするんですよ。男の人を好きになるときはね、自分のことと同じくらい聡美ちゃんのことも大切に思ってくれる人と添い遂げなさい』

祖父に出会って自分がどれほど幸せだったか、時代が変わっても、人の幸せの基準はそんなに変わるものではない、と滔々と語っていた。

祖母の言葉はなるほどとうなずけるもので、それはいつしか、聡美にとって理想の男性であり、理想の恋愛になっていった。

「もちろん、初めての人と結婚できたらって気持ちはあるけど……でも、絶対にそうしたいってわけじゃないの。もしも、だけど……この人の赤ちゃんなら授かっても後悔しない、ってそう思える人と愛し合いたい。——それだけなの」

「七原さん……」

亮介は何か言いかける。

きっと、そんなことを言っていたらいつまでも恋人なんてできない、といったことだろう。少なくとも、彼自身は聡美の相手などごめんだ、と思っているに違いない。

「わ、わかってる。わたしだって、わかってるのよ。男はハーレムに憧れてて、雄ライオンになりたんだって」

「ラ……ライオン?」

彼から否定的な言葉を聞きたくなくて、聡美は矢継ぎ早に言葉を付け足した。

「山本さんにも、付き合ってほしいなら、よけいなことは言わないほうがいいって……わかってるけど。でも、大勢の中のひとりなんて、わたしは嫌だから。鳩(はと)とかオシドリみたいに、わたしだけって言ってくれる人と恋がしたい……」

「僕としてみる?」

まさにふい打ちだった。

想像もしていなかったセリフに、聡美は何も答えられなくなる。

「え……あ……え?」

言葉にならない声だけが、口からこぼれていく。その間に、少しずつふたりの距離が縮まり、互いの膝が触れ合う位置まで近づいていた。

そして、本当に彼の膝が触れた瞬間――。

聡美の手からフルートグラスが落ちそうになり、それを亮介が掴んだ。

「さっきも言ったとおり、そろそろ根を下ろすつもりだから、結婚前に子供ができても困らないよ。ハーレムに興味はないし、ライオンにも憧れてない――ってことで、どうかな？　僕で手を打ってみない？」

「ど、どうって……どう、どうして、わたし？」

経験がない、と知ると、たいがいの男性が『面倒くさい』と言う。その理由は『楽しめないから』と。

聡美がそのことを口にすると、どうしたことか亮介は笑い始めた。

「そ、そんなに、笑わなくたって」

「ああ、ごめん。ただ、無責任な男の言い訳を真に受ける必要はない、ってこと。僕は、セックスを楽しむためだけに君と親密な関係になりたいわけじゃない」

言うなり、亮介の唇はそっと彼女の唇を掠め――。

「それに、好きな相手と愛し合うことは、それだけで充分に楽しいことだ。経験は関係ないと思うよ」

シャンパンより甘いささやきに、聡美の心は痺れたようになり、ようやく、自分が恋の波に攫(さら)われたことに気づいたのだった。

シンプルなグレーの通勤用スーツが恥ずかしい。

なんてことを考えていられたのは最初だけだった。あっという間に、スーツとブラウスを脱がされ、自分のベッドより寝心地がよさそう——と思った大型のラウンドソファに転がされていた。

今、身につけているのはブラジャーとショーツだけ。まさかこんなことになるとは思わないので、両方とも普段使いだ。

（ああ、上下お揃いのちゃんとしたヤツ、着てくればよかった。中身がたいしたことない分だけ、せめて見た目くらい綺麗にしたかったのに）

貧乳と嘆くほど小さな胸ではないが、自慢できるほどのボリュームもない。せめて美乳だったらと思いつつ、

「す、すみません、Ｃカップで」

何もかもが申し訳なくて、聡美はついつい謝ってしまう。

そのとき、彼の右手がふわりと背中を撫(な)でた。一気に胸元が楽になり、ブラジャーの肩紐(かたひも)が二の腕を滑り落ちて、真っ白な双丘が露(あら)わになった。

「きゃっ！　あ、ごめんなさい」

聡美がまた謝ると、亮介は可笑しそうに笑う。

「男はカップのサイズより、感度のほうが気になるんだよ。さて、聡美ちゃんの感度はどんなものかな？」

亮介に『聡美ちゃん』と呼ばれ、頬がカッと熱くなる。

直後、柔らかな胸を包み込むように、彼の大きな手が触れた。掴む感じではなく、掌を押し当てるように緩やかに揉みしだく。

「……んっ、はぅ……ぁんんっ」

唇をキュッと閉じるのだが、彼の手の動きに合わせて、ごく自然に息が漏れてしまう。

（やだ……どうして？）

恥ずかしくて、聡美は腕で顔を覆った。

意識が飛びそうになるほどの激しい快感ではなく、身体の芯がこそばゆくなるような、じわじわと込み上げてくる心地よさだ。

男性に素肌を触れられることに、こんな穏やかな悦びがあるとは思わなかった。

そのままずっと触れていてほしい。

聡美がそう思った直後、違う感覚が胸の先端を包み込んだ。

「あっ……ゃん」

視線を下に向けると、胸の頂に亮介が吸いついていた。舌先を器用に動かし、彼の愛撫に尖った先端をクルクルと転がすように舐め回している。

ふいに声を上げそうになり、聡美は手の甲で口元を覆った。

そんな聡美の様子をどう思ったのか、亮介の舌の動きはさらに激しくなり、チュッ、チュッと音を立てて吸いついてきたのだ。

じっとしておられず、聡美の身体はピクピクと痙攣した。

「感度はなかなか良好のようだ。それに、必死で我慢する姿も可愛い」

「かっ、かわいい、って……そんなこ、と……あっ」

亮介の長い指先が、聡美の黒髪を梳くようにかき上げる。そして、瞼や頬、首筋にキスの雨を降らせていく。

このまま、ラウンドソファの上で結ばれるのだろうか、と思ったとき——。

「そんな顔しなくていい。ここで最後までする気はないから……。そろそろ、ベッドに行こうか？」

どうして、聡美の考えていることがわかるのだろう？

尋ねてみたくなるが……いったん身体を離した亮介に横抱きにされた瞬間、そんな疑問などどうでもよくなった。

亮介は聡美を軽く抱きかかえ、ベッドルームへと歩いて行く。

「あの……山本さん、重い、でしょ？　無理しないで」

　気遣ったつもりだった。

　だが、亮介はベッドの数歩手前でピタッと立ち止まる。

「ここは名前で呼ぶものだよ。それとも、僕の名前を覚えてないとか？」

「お、覚えてるけど……りょ、亮介、さん？」

　亮介の名前を口にした直後、彼は足早に進み、聡美をダブルベッドに押し倒した。

　身体がふわっと弾み、それを押さえ込まれるように亮介が覆いかぶさってくる。

「正解。呼び捨てでもいいけど」

「そんな、いきなりは無理だか、ら……あっん」

　彼の手が背中に回され、力を込めて抱きしめられる。

　今の聡美は小さなショーツ一枚を身につけた、実に無防備な格好だった。そんな彼女に触れる亮介の指先は、信じられないくらい優しい。

「どうして？　どうして、こんなに優しく……して、くれるの？」

「好きだから、に決まってる」

　あまりにもストレートな返事過ぎて、俄には信じがたい。

　そんな聡美の不安は、彼にも伝わったらしい。だが、あらためて説明してくれた言葉はさらに信じられないことだった。

「今週の水曜、火曜だっけ？　勤務中にこっそり電話を受けてただろう？　一流ホテルのスイートルームなんて初めてだから、週末がすごく楽しみ……そんなことを、ずいぶん嬉しそうに話してた。あれを聞いて、彼氏ができたんだと思って、どんな男か探りに来たんだ」

　亮介が口にした内容を、電話で話していたのは事実だ。電話の相手は悠里だったと思う。勤務中はマナーモードにしていて緊急の電話以外は取らないのだが、香子の結婚話が嬉しくて、ついはしゃいでしまった。

　そんないつもと違う聡美の様子が気になり、亮介は総務課の女性社員にいろいろ探りを入れたのだという。

　すると、

『ああ、七原さん？　彼氏っていえば……三月の合コンで誘われてた男性かな？　あのあと、どうなったのかは聞いてないけど』

『ホテルに勤める友人がいるって聞いたことがあるけど。ひょっとしたら、その人が彼氏なのかもしれないわ』

　そんな話を耳にしたらしい。

　たしか例の合コンは、総務課の同僚たちに誘われて出席したはずだ。その後の経過はとくに聞かれなかったので話してはいない。

（だって、数合わせで誘われただけだし……。しかも、いきなり旅行に誘われて……怖くなっ

て断りました、なんて自分からは言えない）

「とにかく、どんな男か知りたくて、今夜、このホテルのレストランにやって来たんだ。ろくでもない奴なら、横取りしてやろうと思って」

嬉しそうに話す亮介の顔をじっとみつめる。

そういえば、レストランにいた女性のことを尋ねたとき、『ああいうレストランにひとりで行くわけにも……』と言っていた。

彼の言葉が真実なら、あの女性を誘ってレストランに来た理由は、聡美のデートを邪魔したくて、ということになる。

「合コンの人には……デートもしてないのに、一泊旅行に誘われて……」

ひと晩悩んだ結果、『別々のお部屋を取ってくださるなら』と答えたら、

『そういうセリフは十八歳の女の子なら可愛いけどね。二十八の女じゃ、痛いだけだよ』

鼻で笑いながら捨てゼリフを吐き、電話は二度とかかってこなかった。

「すみません。わたしって、やっぱり痛いのかも……」

合コンの男性になんと思われたとしても、たいして気にならない。でも、亮介にそう思われていたら、かなりショックだ。

「それなら、僕のほうも同じかな？　デートもしてないのに、スイートに上がり込んで、こんなふうに君を裸にしている」

「それは……わたしが、好きって言ったから」

部屋に連れ込んだのも、もとは言えば聡美のほうだ。

「じゃあ、この先もOKだね？」

優しい指先が背中から脇腹を通り、腰までたどり着く。そのままショーツの中にスルッと滑り込み、小さな布地に隠れた茂みを、ゆっくりと撫で始めた。

「あ……そこ、そこは……やぁっ」

亮介の指先は、彼女の敏感な場所をノックしながら奥へ、奥へと進んでいく。

茂みを掻き分け、花びらに包まれた中心を探り当て——聡美の身体がピクンと震えた瞬間、軽く抓(つま)んだ。

「こういうことも、誰にもされたことない？」

「な、な……い」

「じゃあ、ここを弄(いじ)られたら、この奥が濡(ぬ)れてくることも知らないんだ」

抓んだ部分に軽くこすられ、背筋がゾクッとした。

その感覚は波のように全身に広がっていく。彼の言うとおり、躰(からだ)の奥までズキズキと疼(うず)いて、恥ずかしい部分に温もりを感じた。

クチュッと蜜を混ぜるような音が聞こえてきて、頬がカッと熱くなる。

「ほら、溢(あふ)れてきただろう？　力を抜いて、快感に身を委ねるといい」

言われるまま力を抜くと、さらなるヌメリが躰からこぼれ落ちた。

「あっ、ダメ……下着が、濡れちゃうから」

「濡らしていいよ。シーツが濡れるくらい、気持ちよくなってごらん。そのほうが、コイツを挿入したときの痛みを感じずに済む」

手を掴まれて導かれた先に触れたのは、ズボン越しに感じる彼の昂りだった。

ハッとして手を引こうとしたとき、ショーツの中に押し込まれた彼の指が激しく動いた。グチュグチュと淫らな音がスイートに響き渡り、聡美は赤面する。

「あ、やだ……やっ、待って、待って……やぁーっ」

力を入れて太ももを閉じるが、そんなことで彼の手淫は止まらない。

指先が蜜の溢れ出る泉の縁をなぞり、ほんの少し、内側の襞を掻き回した。浅い部分を刺激され、聡美は唇を噛んで声を殺す。

「んっ、んんーっ」

声は抑えられても、躰の反応までは消せない。ショーツはしっとりと濡れそぼって、それが臀部まで広がっている。

しかも、ショーツから抜き出した彼の指先は、聡美の蜜液でびっしょりだった。

それを目にした瞬間、恥ずかしくて謝ることもできなくなる。

(やだ、もう、どうしよう。こういうのって、嫌われたりする?)

聡美の心の中が、後悔とない交ぜになった羞恥心でいっぱいになったとき、

「すごく感じてくれたみたいで、ホッとした」

亮介は心から安堵した声で呟きながら、黒いシャツを脱ぎ捨てた。

ベッドの上に寝転がって、初めて男性の裸体を仰ぎ見る。ベッドルームは真っ暗だが、リビングルームから射し込んでくる灯りに映し出され、うっとりするほど逞しい。

彼はすべてを脱ぎながら、ズボンのポケットから何かを取り出した。

「用意はあるけど、君が望むならつけなくてもいい。——どっちにする？」

二本の指で挟んでいるのは、約三センチ四方のパッケージ。コンドームの実物を目にしたのは、高校の保健体育の授業以来だ。

「つ……つけてっ……ほしい」

「了解。子作りに本腰を入れるのは、結婚後でも充分だ」

その言葉がプロポーズのように聞こえるのは、聡美の気のせいだろうか？

ドキドキし過ぎて眩暈すら感じる。その直後、最後の一枚を引き下ろされ、つま先からスルリと抜かれた。

彼女の膝を割って亮介がゆっくりと重なってくる。

脚の開きが徐々に大きくなり、これ以上開くなんてできない、と思ったとき、灼熱の猛りを花芯に押しつけられた。

「あ……あっ」

亮介は自らの昂りを掴み、聡美の秘所を上下にこすった。

緩々と動かされ、それは指での愛撫より艶めかしくて、聡美はおかしくなりそうだ。自分でもよくわからないまま、腰を小さく揺すってしまう。

「そろそろ、僕も我慢できそうにない……入れるよ。少しだけ、我慢してくれ」

そんな亮介の声が聞こえ、聡美が返事をしようと口を開きかけたとき、彼自身がゆっくりと入り込んできた。

蜜窟の入り口が押し広げられ、それは少しずつ大きくなっていく。

挿入が深くなるごとに、襞が裂けるようなピリッとした痛みが走ったが、我慢できないほどのつらさではなかった。

「あと半分だけど、大丈夫？」

「は、はん、ぶん？　たぶん、だ、だいじょーぶ、だと……あっ」

躰の中が彼でいっぱいになる。

充分に満たされた感覚と、胎内に異物を押し込まれた違和感。そのふたつがせめぎ合い、聡美は堪えきれずに、亮介に抱きついた。

「聡美ちゃん？」

「ん、大丈夫、ホントーに大丈夫だから……奥まで、きて。や……亮介さんにも、少しでも楽しんで、気持ちよくなってほしい」

必死の思いで、そのことを口にする。

するると、ほんの少し困ったような、戸惑いを含んだ亮介の声が聞こえてきた。

「これ以上気持ちよくなったら、奥まで達した瞬間に爆発してしまいそうだ」

「そ、それでも、いいけど」

「聡美ちゃん、それってどういう意味か、本当にわかって言ってる？」

そんなふうに聞かれたら……。実はさっぱりわかっていないので、聡美には何も答えられなくなる。

すると、亮介はクイと腰を動かした。

「あっ……」

それは、ほんのわずかな抽送にすぎない。

だが、生まれて初めての熱が胎内で蠢き、聡美はふたりが繋がっていることをあらためて実感したのだ。

ジュッ……グチュッ……小さな動きなのに、淫らな水音は意外にも大きく、聡美の耳にもはっきりと聞こえてきた。

「僕は、少しでも長くこうしていたい。ゆっくり、時間をかけて、君に最高の初めてを経験させてあげたい」

「りょう……すけ、さん」

動くたびに、少しずつ彼が奥に入り込んでくる。押し広げられる痛みは薄まっていき、聡美の躰は悦びのほうを感じ始めていた。

しだいに膣内が熱くなってきて、蕩けるような快感が生まれてくる。

直後、欲棒の切っ先が蜜窟の底を穿った。

「あ……くっ！」

小さな痛みに顔を顰める。

「ああ、ごめん。深くし過ぎたかな。もう少し、浅いほうが気持ちいい？」

「それは……」

聡美が返答に迷ったとき、ふいにキスされたのだ。

「正直に言ってごらん。ふたりで一緒に気持ちよくなろう」

甘やかな声に誘われるように、聡美はうなずいていた。

すると、彼はペニスを引き抜いていき——蜜窟から抜ける寸前で止めて、ふたたび押し込んだ。

大きな波に、繰り返し揺さぶられるような抽送。引いては押し寄せる感覚に、下腹部の疼きは高まる一方になる。

内側を擦り上げる亮介の熱に、聡美の躰は翻弄され続けた。

「好き……好きなの、亮介、さ……んっ」

「僕も好きだよ、聡美」

呼び捨てにされ、強く抱きしめられた瞬間、亮介の動きが止まった。張り詰めた昂りが、聡美の胎内でビクンビクンと震えている。

今このとき、彼も悦びを迎えているのだとわかり、聡美はよりいっそうの幸福を感じるのだった。

第三章　もしかして、やり逃げ？

月曜日――。

週末のドキドキを引きずったまま、聡美は出社した。

羽田空港からモノレールで二十分程度、流通の利便性を優先された場所にサンワ食品の本社はある。九階建てビルの六階以上をサンワ食品が占めており、中層階には事務所が、低層階には飲食店やコンビニが入っていた。

都心からは離れているので、悠里のように香子の勤めるホテルでちょっとランチというわけにはいかない。

そのふたりからは、それぞれ電話があった。

声を揃えて『ごめんっ！　スイートにひとりで泊まらせちゃって』と謝られてしまい、聡美は返答に困る。

まさか……以前から憧れていた同僚とレストランで顔を合わせ、そのまま告白されて一夜を過ごしてしまいました――とは言えない。

それに亮介との関係も、本当に恋人と言ってしまっていいのかどうか……。

(あーもう、よくわかんない！　だって、ホテルで別れたっきりなんだもの)

実をいえば、ふたりで過ごした翌朝、聡美が目を覚ましたとき、亮介はすでにスーツに着替えていた。

『慌ただしくて申し訳ない。実家から連絡があって、祖母の具合が悪くなったらしい。急いで戻らなきゃならなくなった。週末は、一緒に過ごそうと思っていたのに。せめて、送って行きたかった……本当にすまない』

そんなふうに頭を下げられたら、『わたしのことは気にしないで』と言うより他はない。

しかもチェックアウトのとき、亮介が精算を済ませてくれていたことを知った。

(気を遣ってくれたのは嬉しいけど、全部払ってもらうのは……なんか申し訳ないっていうか、気が引けるっていうか)

そのお礼も言いたいし、亮介の祖母の様子も気になる。何より、彼の声だけでも聞きたくて、聡美は電話をかけようとしてハッと気づいた。

あの夜はそれどころではなかったため、連絡先のやり取りを忘れていたことに。

だが、月曜日になって出社すれば、必ず顔を合わせることになる。とくに焦る必要はないと思い直し、聡美は一日千秋の思いで休みが終わるのを待った。

いつもより早く出社し、女性用更衣室で制服に着替える。

ロッカーの扉に取りつけられた鏡を覗き込みながら、柄にもなく念入りにメイクをチェックしてしまう。

(ちょっと濃い？　うーん、でも、これくらいが普通なのかも？)

少しでも綺麗に思われたくて、いつも薄化粧の聡美にしては珍しく、塗り重ねてしまった気がする。

髪型もほんの少しだけ変えた。両サイドをひと房ずつ取ってクルクルねじって後ろに上げ、バレッタで留めるという髪型だ。普段隠れている耳が出てしまうため、それだけのことがちょっと恥ずかしい。

男性と生まれて初めて朝まで過ごしてしまった。ということは、寝顔を見られてしまったということになる。

もともと、たいした造作の顔ではないので、今さら気にしても仕方がないだが、それでも気になるのが女心だ。

(どうせ素顔を見られちゃったんだから、もう少し一緒にいたかったなぁ。でも、おばあ様のせいじゃないし、それに山本さんだって残念そうだった……よね？)

聡美の胸に、小さな不安が浮かんできて——そのときだった。

「それって、やり逃げじゃない！」

一瞬、息が止まる。

（そ、そんなことない、と思うんだけど……でも、なんで知ってるの⁉）

びっくりして辺りを見回す。

「やっぱ、そう思う？」

「思う思う。起きるなりソッコーで出て行くなんて、それって最低」

「だよねぇ」

その声は、ロッカーを挟んだ向こう側から声が聞こえてきた。

社内の女性用更衣室はひとつなので、すべての女性社員がこの更衣室を使う。所属ごとにロッカーの位置が決まっているので、声のする側は営業部のロッカーだ。顔も名前もわからないが、話し方や声の感じから聡美より若い社員ではないだろうか。

話し声がよく聞こえるのは、更衣室が混雑する時間帯はもう少しあとで、今は人がまばらなせいだろう。

（似たような経験した人っているんだ。っていうか、それぞれ事情があるんだから、山本さんに限って、や……やり、逃げってことは、ないよ。――うん、たぶん）

しだいに弱気になってしまうのは、聡美自身が心の片隅で同じことを考えているからだと思う。

「メールしても返信ないし、電話もすぐに留守電になっちゃうし、もう完璧に避けられてるって感じ」

聡美と同じ状況らしい女性がため息をつきながら言う。

（いやいやいや、電話番号とか、教えてもらってるだけでもいいじゃない。メアドすら知らないわたしって……）

落ち込むあまり、ロッカーに突っ伏してしまいそうになる。

「そんな男さっさとやめて、次にいったほうがいいって」

同僚の女性はえらくさっぱりしたことを言う。

悠里に似たタイプなのかもしれない。だが、こんな話をするということは、ふたりはずいぶん仲がよいのだろう。

ちょっと羨ましい、なんて思いつつ……。

（無理無理、ゼーッタイに無理。次なんて、考えられない。だって……わたしにとって、山本さんが初めての人なんだもん）

悠里に追及されたときのことを想像して、聡美は心の中で可愛らしく返答してみる。

しかし似たような経験をしていても、営業部の彼女は、聡美とは全く違う性格らしい。

「まあ、次いってもいいんだけどさ」

（え？　いいの⁉）

「でも、ちょっと惜しいんだよねぇ。だって、エッチがメチャクチャ上手だったから……それだけが残念」

（それだけって……でも、ちょっとわかる、かも？）

その言葉に、聡美は不覚にもうなずいてしまった。

亮介と付き合いたい理由がセックスだけ、というわけではない。だが相手が亮介だったおかげか、長年想像し続けた初体験が最高レベルだったことはたしかだ。

たった一夜のことなのに、聡美の中にあったセックスへの不安とこだわりが、嘘のように解消してしまった。

今は亮介との〝これから〟を、想像するだけで楽しい。

二十八歳になるまで待っていたのは、すべて亮介に出会うため、なんてことまで考えてしまう。

「気持ちはわかるけど……その男はやり逃げだと思うなぁ」

入り口の扉が開き、閉まる音がして、ふたりの声は聞こえなくなった。

（や、やっぱり、やり逃げなの？　でも、信じたいんだけどなぁ。こういうのって、信じちゃダメなパターンとか？）

直後、更衣室の扉がふたたび開いた。次々と女性社員たちが入って来て、室内は一気に密度が増す。

聡美は気持ちを切り替えるため、深呼吸したのだった。

「おはようございます、七原さん」

開口一番、いつもどおりの爽やかな笑顔を見せつつ、亮介は朝の挨拶を口にした。

「お、おはよう、ございます」

聡美もできる限りの平静を装う。頬がピクピクと引き攣り、自然と緩んでにやけてしまいそうなのが怖い。

どんな顔で挨拶をすればいいのか。亮介のほうはどんな顔で返事をしてくれるだろう。会社ではこれまでどおり『山本さん』と呼んだほうがいいと思う。だが、彼から『亮介さん』と呼んでほしいと言われたら？

とにかく、いろいろなことが思い浮かび、頭がパンクしてしまいそうなほど悩んだ。

だが、亮介の様子を見る限り、これまでどおりでいいらしい。ハードワックスで固めていた前髪はいつもどおり前に下ろされ、黒縁メガネで完璧に素顔を隠している。

この中にいる誰も、あのメガネの奥にある彼の本当の顔を知らない。

冷たく感じるくらいに整った容貌も、量産品のスーツの下に潜む逞しい胸板も、すべて聡美だけが知る亮介の真実。

そんな思いに囚われるが、彼ばかりみつめているわけにもいかない。

（平常心、平常心……いつもどおり、いつもどおり）

念仏を唱えるように口の中で繰り返す。

「今日は、午前中から大会議室が使われる予定なので……担当は、七原さんでしたね。準備は抜かりなく、お茶の用意も手際よくお願いしますね——七原さん？」

そのときふいに、自分の名前が呼ばれた。

それは総務課長、長浜の声だった。今が朝礼の真っ最中であることに気づき、聡美は真っ赤になる。

「はっ、はい！　承知しました」

姿勢を正したあと、慌てて返事をする。

「珍しいですね、七原さんがボーッとしているなんて」

「申し訳ありません」

「朝礼くらいならいいけど、今日の会議は、親会社である山和(さんわ)商事から重役の皆様も出席されます。失敗は許されないから、山本さんには別の仕事を任せて、他の社員を動員するように。皆さんも、協力してあげてくださいね」

長浜からそんなふうに諭(さと)され、聡美は唇をギュッと閉じた。

このまま、『はい』と答えればいい。思うところがあっても、それを人前で口にすれば、変に目立ってしまう。よけいなことは言わず、黙々と仕事をこなせばいいだけだ。

ずっと、そう思ってきたのに……。

「お気遣い恐れ入ります。ですが——山本さんもだいぶ慣れてきています。経験を積んでいただくためにも、サポートは彼に任せたいと思っています」

聡美にとって、精いっぱいの言葉だった。

長浜は一瞬、驚いたような顔をしたあと、納得したようにうなずいた。

「ああ、そう。別にかまいませんよ。仕事をきちんとやってくれるなら、問題はありません。山本さんも、それでいいんですね？」

総務課全員の視線が亮介に集中する。

彼はうつむいたまま、いつも以上に小さな声で「はい」と答えた。

「わたし……よけいなこと、言ったんでしょうか？」

大会議室には情報漏洩（ろうえい）の阻止と、ペーパーレス推進のため、全席に会議用パソコンが設置されていた。

聡美たちの一番の仕事は、そのパソコンをすぐに起動できるようにしておくことだ。

トラブルがないよう一台一台チェックしながら、気になっていたことを亮介にそっと尋ねてみた。

「どうしてですか？」

「朝礼のとき、困ったような声だったから」

ホテルで彼と話したことは、酔っていたとはいえちゃんと覚えている。

とくに『根なし草のような暮らしはもう終わりにしなきゃな』と言われたことで、彼が仕事に本腰を入れるのだろう、と思い込んでいた。

だからこそ、少しでも亮介の役に立ちたくて、聡美は初めて上司に『はい』以外の返事をしたのだ。

だがひょっとしたら、それは大きなお世話だったのかもしれない。

「それに……」

亮介の態度がひどく気になっていた。

週末、ホテルで過ごしたときに比べると、やけによそよそしい。

もちろん、会社内であのときのような言動が取れるはずもないことくらい、聡美にもわかっている。それでも、多少なりともふたりの新しい関係を、彼にとって聡美は特別であると、そんな空気を感じさせてほしかった。

(やっぱり、なかったことにしたい、とか?)

『起きるなりソッコーで出て行くなんて』

『そんな男さっさとやめて、次にいったほうがいい』

女子更衣室での会話が頭の中に広がっていく。そうなると、彼女らの結論がさも真実に思えてくる。

「いいえ、決してそういうことではないんですが」

言いよどむ亮介の本心は限りなく『イエス』に近く、優しい彼は本当のことを言えずに苦しんでいるのではないか、と。

「そ、そう、ですよね。その……総務じゃ、やる気にならないですよね。別の部署とか、他の会社とか……」

「違うんです！　本当に、僕は総務で充分ですから。こうして、七原さんのサポートをしていけたら、と本気で思っています」

「山本さん？」

彼は手を止めて、じっと聡美の顔をみつめる。

その視線があまりにも真剣で、とくん……とくん、と鼓動が速まっていく。

「ああ、すみません。仕事中に、こんなふうに見るべきではありませんね」

「い、いえ……」

全然平気です、わたしでよければいくらでもみつめてください――なんて口走ってしまいそうになり……。

そんな浮ついた考えを頭の中から追い出そうと、聡美はパソコンに視線を落とす。

微妙な空気に気づいたのか、亮介のほうも突如話題を変えてきた。

「――総務が準備をするのは、この大会議室だけなんですよね。入社前は、こういった作業はすべて総務の仕事だと思っていました」

「うちは会議室が、大小と重役用の三つしかありませんからね。セクションごとのミーティングはそれぞれで準備しますし、重役会議は秘書の方が手配されますから」

サンワ食品は業界大手だが、親会社の山和商事や悠里の勤める四葉物産レベルの都心に本社ビルのあるような会社とは違う。そういった大規模な会社なら、本社内に会議室はいくつもあり、総務のような部署が一手に管理しなければ混乱するだろう。

「とくに、重役用の会議室に総務の人間が出入りすることは、秘書の方はよく思っていませんから」

「そのわりに、トラブルが起こったときは総務の責任と言われるような」

亮介の言葉は的を射ており、聡美は苦笑せざるを得ない。

重役用の会議室は最上階にある。社長室や重役室が並ぶ最上階は、聡美のような平社員にすれば雲の上だ。そこで働き、自在に出入りすることが許されている秘書室の顔ぶれは、あきらかに聡美たち一般社員を見下している。

そういえば、四月になってすぐのころ、亮介自身も酷い目に遭ったはずだ。

彼がエレベーターを間違えて、うっかり最上階まで上がってしまったことがあった。そこを秘書のひとりに見つかり、鬼の首を取ったように大騒ぎされた。

『理由もなく、一般社員が最上階をうろつくことは禁止されてるでしょう⁉　そんなことも理解できないの？』

わざわざ総務課までやって来て、そんなふうに怒鳴りつけていった。

実は、聡美も新入社員のころ同じような経験をしているので、秘書と聞いただけで苦手意識がある。

数日前も、会議中に電動カーテンの開閉ができなかった、とクレームをつけられたばかりだ。

そのときも、最上階の備品管理を担当している聡美は秘書室まで呼び出され、取引先の前で社長に恥を掻かせた、と叱られた。

結論から言えば、電池を交換しただけでリモコンは問題なく動いたのだが……。

「電池や電球一個切れても呼ばれるんですもんね。でも、急ぎのときはあちらで交換してくれてもいいと思うんですけど」

入社して六年、だいぶ慣れてきたとはいえ、秘書たちの尊大な態度を思い出すと愚痴もこぼれるというもの。

「まあ、社長に恥を掻かせた、というより、ご自分たちが恥ずかしかったんでしょう。電池切れに気づいてなかったみたいなので。今回、最上階の人々を見上げる立場になって初めて、秘書を見る目が変わりました」

しみじみといった亮介の口調に、ついからかい半分で言ってしまう。

「やだ、山本さんったら。今まで見下ろす立場だったみたいですよ。それに、秘書にすごーく興味があるみたいに聞こえます」

「そっ、そんなことは」

亮介は一瞬で頬を赤らめる。

それを可愛いと思ってしまうのは、恋のなせる業だろうか？

「秘書……お好きですか？」

「まさか、そんな……特別に秘書が好きというわけではありません。ただ、秘書のイメージが、綺麗で有能なお姉さん、だったもので」

その言い方が可笑しくて、聡美はクスクス笑ってしまう。

「たしかに、皆さん綺麗ですよねぇ」

秘書室の女性たちは全員綺麗だ。聡美レベルでは敵いっこない。そう思うとため息がこぼれてしまう。

「正体を知った今となっては、近づくのも怖いですけどね。それに、七原さんのほうが綺麗ですよ」

「そ、そんなこと、ないです。ああいう方たちと比べたらダメです。わたしなんか、全然、綺麗じゃないですから」

「そうですか？」

「そう、です」

もう少し若ければ、『ホントですか？　嬉しい』なんてセリフをハートマーク付きで口にできたのかもしれない。

（いや、できないか。だって、本当にあの人たちのほうが断然、綺麗だもの）

そう思ってしまう自分の性格が残念に思えたとき、

「少なくとも、僕にとっては七原さん以上に綺麗な女性はいませんから」

亮介はこれまでと同じ屈託のない笑みを浮かべた。

この三ヵ月、彼の笑顔を見ることが喜びだった。ただそれだけのことで、一日を幸せな気分で過ごせたのだ。

それなのに……今は、その笑顔がつらい。

彼の本心が見えなかった。

（わたしと一緒に過ごしたことなんか、忘れちゃってるみたい。それとも、あれって夢だったの？）

仕事中だから、何も言わないのだろう。言葉遣いを崩さないのも、聡美を『七原さん』と呼ぶのも、理由はわかっているのに、『どうして？』と詰問したくなる。

聡美はそんな気持ちを必死で打ち消し、違うことを口にした。

「で、でも、こんな時期に親会社の方がやって来て、大会議室を使うなんて……。株主総会が終わった直後なのに、珍しいですよね」

「そうですね。考えられることは、山和グループは傘下企業の統廃合を積極的に行っているので、食品部門でも何かあるのかもしれません。株主総会が無事に終わったこの時期なら、あまり注目も浴びませんし」

意外とも言える亮介の返答に、聡美は手を止めて彼をみつめた。

彼も手を止め、真剣な表情で何ごとか考え込む仕草をしている。だが、すぐに聡美の視線に気づき、ごまかすように笑った。

「――と、いうような話を、今朝、更衣室で耳にしました」

「あ、そうなんですか？　同じ更衣室でも、男性と女性じゃ話している内容が全く違うんですね」

聡美が今朝耳にしたのは『やり逃げ』に関する話題。

忘れようとした感情に、ふたたび囚われそうになり……。

「あのっ！　あの、今日のお昼は屋上で食べませんか？　今日のお弁当は……」

「すみません！　今日は祖母に……いえ、祖母の代わりに、行かなくてはならないところがありまして。昼休憩のときに済ませておきたいんです。ですから――すみません」

いきなりの拒絶に聡美の心は一瞬で挫ける。

「そうですか。えっと、そのときに尋ねようと思ってたんですが……おばあ様、大丈夫でしたか？　ひょっとして、ご入院とか？」

「いや、入院までは――。その、いろいろ説明すべきなのは充分わかっています。でも、職場では話しにくい内容なので、今日、終業後にお時間いただけますか？」

「は、はい、もちろん、大丈夫です」

即答してうなずく聡美に、亮介はゆっくり近づいてきて、パーソナルスペースに入るギリギリのところで立ち止まった。

「ひとつだけ……身体のほうに、差しさわりはありませんか？　乱暴にしたつもりはないんですが、あなたに不快な思いをさせてなければいいんですが」

部屋の外に聞こえないよう、小さな声でささやいた。

聡美の身体をいたわる言葉に、彼を信じたいという思いが浮かび上がってきて……。

だが――この日の午後、亮介は昼休憩で会社を出たまま、戻って来なかった。

☆　☆　☆

金曜日、四日ぶりに亮介は出社してきた。

彼が帰って来なかった月曜日の午後、それを総務課まで伝えに来たのは、専務の野田だった。

『山本くんには私の用を頼んだので、申し訳ないが、早退ということで頼むよ』

そのときは、指導係の聡美もミーティングルームに呼ばれ、長浜と一緒に野田の話を聞かされた。

一年以内に定年を迎えるという野田は、背が高く動きも機敏なせいか、年齢より若々しく見える。

ただ、専務といっても、野田に代表権はない。取締役の中でも常務より下に扱われ、〃窓際専務〃と呼ばれているくらいだ。

今でこそ、そんな立場に甘んじている野田だが、十年ほど前までは出世コースのど真ん中を走っていたと聞く。当時の社長に一番可愛がられ、次期社長の有力候補と言われていた。ところが、何年も続いた不況で会社の業績は下降の一途をたどり、ついには粉飾決算が発覚して当時の社長が失脚。野田は経営陣の中では唯一重役にとどまったが、代表権を奪われて窓際へと追いやられた。

現在も専務の肩書きを与えられてはいるが、せいぜい、知人の頼みで人事課に採用の口利きができる程度の実権しかない。

亮介には『専務のコネもある』と言ったが、今の野田が有力な後見でないことは、一般社員の聡美にもわかっていた。だが、何もないより総務から異動する足がかりにはなるだろう。

それに、こうしてわざわざ早退の報告まで来るところを見ると、野田は亮介を買っているように見えなくもなく……。

（あれ？　どうして専務の用事なの？　大会議室で聞いたのは、おばあ様の代わりじゃなかった？　それに、早退ってことは、戻って来ないの？）

首を捻る聡美には気づかず、野田はさらに付け足した。

『ああ、それから……彼には二、三日休暇をやってくれ。理由は、適当にしておいてくれたらいい。総務の手が足りないようなら、他から回すよう伝えておこう』

野田の言葉を聞くなり、長浜は大げさとも言える口調で応じた。

『とんでもない！　山本さんに任せている仕事なら、総務の者で充分にまかなえますので、それには及びません』

長浜は現社長のシンパだ。そのことが女性初の重役候補と言われている所以（ゆえん）でもある。

後ろ盾に社長がいるせいか、いくら窓際とはいえ自社の専務に対して、長浜はずいぶんはっきりしたものの言いようをする。

『そうでしょう、七原さん？』

『は……い。でも、山本さんは、総務に不要な人材というわけではありません』

このときの聡美は、まだ自分が亮介の恋人気分だった。彼のことを役立たず同様に言われて、黙っておけるはずがない。

聡美の返事を聞き、さすがの長浜も気づいたようだ。野田の口利きで入った亮介のことを、野田本人の前で馬鹿にし過ぎた、と。

『ええ、もちろんそうですよ。彼はよくやってくれています。でも、入社三ヵ月で、一身上の都合で早退や欠勤が続くようなら、いろいろ問題が出てくるかもしれません』

暗に、専務の使いっ走りが続くようなら、辞職を促されるという意味に違いなかった。

それは長浜の言い分のほうが正しく聞こえる。亮介は総務の人間だ。野田の用事で動くなら、あらかじめ長浜の許可を取るか、あるいは野田の秘書を使えばいい。

気まずい空気がミーティングルームの中に広がっていく。

それを一掃したのは、野田の思いがけない言葉だった。

『そのことなら心配はいらない。彼には京阪フードの社長令嬢との縁談があってね。決まれば半年程度で向こうに移るだろう』

『まあ！　そんなお話があるんですか？』

『ああ見えて、彼はそこそこの家柄なんだ。京阪フードは地方の小さな会社だが、うちと同じ山和グループ系列だろう？　後継者は他にいるので、そういったところで肩書きだけもらって、のんびりやるのが亮介くんには似合いだと思ってね』

一気に和らぐ空気を感じつつ、聡美はひとり、心が冷たくなっていくのだった。

来週から七月に入る。屋上の陽射しも〝暖かく〟より〝熱く〟感じ始めた。そうなると、屋上でお弁当を食べることはなくなる。

聡美はそんなことを考えながら、屋上まで亮介が上がって来てくれるのを待っていた。

野田の言っていた京阪フードは京都に本社がある。主に冷凍食品を扱う一族経営の会社だ。同じ山和グループ系列とはいえ、会社の規模はまるで違った。

（会社は大きくても平社員のわたしと、小さな会社でも社長令嬢……そんなの、比べる必要もない、か）

レストランに同行していた女性が、たぶんその社長令嬢なのだろう。

京都の女性には見えなかったが、本社が京都でも社長一家は東京在住、というケースは少なくない。

そんなことを思いながら、聡美は手にした封筒をじっとみつめ――。

「お待たせしました！」

扉が開き、亮介が駆け寄ってきた。

「七原さんには、謝らなければならないことばかりなんですが、とにかく、すみません。でも、今週末は休めることになったので、これからのことを話し合えればと……七原さん？　どうかされましたか？」

屋上まで階段を駆け上がってきたのだろう。彼は息を切らしながら、聡美に向かって頭を下げる。

だが聡美は、そんな亮介になんと言ったらいいのか……正直、迷っていた。

このまま、何も知らないフリをしていたら、亮介に求めてもらえるのではないか。たとえ、更衣室で聞いたような〝やり逃げ〟のつもりだったとしても、彼が本当に結婚を決めていなくなるまで、恋人として一緒に過ごせるのだとしたら？

片思いの時間も、思いが通じて結ばれたときも、聡美の中でこの三ヵ月は幸せな記憶しか残っていない。

それを、わざわざ自分から壊さなくても……。

「七原さん？」

未練を振りきるように、聡美は頭を振った。

「これを——お渡ししようと思って」

彼に向かって茶色の封筒を差し出す。

亮介は驚いたような顔をして受け取り、中を確認して、さらにびっくりした声を上げた。

「お金、ですか？」

「立て替えていただいたホテル代です。もらうわけにはいきませんので」

悠里たちには、亮介とのことは話していない。当然、聡美が立て替えたものと思い、お金は振り込んでくれた。返すなら話さねばならず……。

（彼ができたって報告ならともかく、こんなことになったのに……話せるわけない）

　聡美が黙っていると、上からため息が聞こえてきた。

「君が――怒るのは尤もだ。でも、言い訳をさせてほしい。僕は本当に」

　ふいに彼の口調が変わる。

　嫌でもあの夜を思い出させ、聡美は彼の言葉を遮った。

「聞きたくない！　いえ……専務から、聞きました。だから……言い訳なんて、もう、いいですから」

　すると、亮介は急に慌て始めたのだ。

「専務って、野田さんが？　彼は君に何を話したんだ？　いったい、彼はどこまで……」

「山本さんが結婚されるってことです‼」

　聡美が怒鳴ると、彼は鳩が豆鉄砲を食らったような顔で固まった。

　だが、すぐに我に返ったらしい。

「結婚？　僕が？　誰と？」

　矢継ぎ早に質問され、聡美は思いつくままを言葉にする。

「京阪フードの社長令嬢って聞きました。あの、レストランに同行されていた女性ですよね？　とっても綺麗な方でした。メガネを外して、この間みたいなスーツを着た山本さんとはお似合いです。でも……浮気はダメです。わたしとも、わたしじゃなくても」

ひと息に言い、彼の横をすり抜けようとしたとき、二の腕を強い力で掴まれた。

「は、放して、ください」

亮介は無言でスマートフォンを取り出し、片手で操作する。誰に電話をかけたのか不明だが、無言の時間が過ぎていく。

その息苦しさに耐えきれなくなり、しだいに、聡美の視界が涙で揺らぎ……。

「お願いです。誰にも、言いません。だから……素敵な思い出だけで、終わらせて」

「ダメだ」

彼はひと言答えたあと、

「ああ、野田専務ですか？　亮介です。お疲れ様です」

そのやり取りを聞き、電話の相手が野田であることを知る。

電話をかけてどうするつもりだろう。亮介のしたいことがわからず、聡美は固唾を呑んで見守るしかない。

「いえ、そちらの件ではなく、ちょっとしたご報告がありまして……。実は、同じ総務課の七原聡美さんと、結婚を前提にお付き合いすることになりました」

亮介はまるで業務報告のように、スラスラと聡美の名前を告げる。

そんな彼の行動に、聡美は驚きを隠せなかった。

京阪フードの社長令嬢との縁談はどうする気だろう。長浜の前で話したとき、野田はかなり喜んでいる様子だった。それを破談にしてくれと言っているようなもので、電話で済ませるなど非常識極まりない行為だ。

（これって、『ちょっとしたご報告』どころじゃないって。専務は絶対、メチャクチャ怒ると思う）

聡美はハラハラしつつ、電話のやり取りを見守る。

すると、彼はいきなりハンズフリーのボタンを押した。

『そ、それは、また、突然だねぇ』

聞こえてきた野田の声は、意外にも気の抜けたような声だった。冗談抜きで心の底から驚いている感じがする。

「ええ。ですから、〝京阪フード社長令嬢〟の件は、以前もお返事しましたとおり、お断りということで、よろしくお願いします」

『え？　ああ、そういうことか。いやいや、よかれと思って言っただけなんだが……それは、すまないことをしたね』

「いえ、ご理解いただけたなら、それ以上申し上げることはありません」

『そういえば、かい……』

「祖母には、現在の状況が落ちついたら、自分のほうから報告したいと思っています。ですから、しばらくは黙っておいてもらえますか？」

亮介は少し慌てた様子で、野田の言葉を遮ったように感じたが……それ以上のことを考える余裕など、今の聡美にはない。

『そうか、まあ、そうだろうね。その点も承知した』

「ありがとうございます。では――」

亮介は通話をオフにして、ポケットに戻し、あらためて聡美に向き直った。

「これで誤解は解けたかな？　それと、専務にも君の名前を告げたから、もう、あと戻りはできないよ」

にっこり笑うが、聡美のほうは冷や汗が流れてくる。

「どう、して？　いきなり、そんなこと……いいんですか？」

「いきなりじゃないさ。結婚も考えられないような男に抱かれる君じゃない……だろう？」

言われたらたしかに、あの夜、亮介は何度も『結婚』という言葉を口にした。

最初は素直に受け取っていたが、時間が経つごとに、ベッドの上で言われたことをそのまま信用していいのだろうか、という方向に傾いていった。

とくに女子更衣室で聞いたセリフ、

『それって、やり逃げじゃない！』

あれを聞いたあとは、不安が頭から離れなくなった。

そしてとどめのように、野田から縁談がほぼ決まったようなことを言われ――。

亮介はそんな男性じゃない。彼に限って女性を騙(だま)すわけがない。ただ、微妙な時期に、聡美とホテルのスイートルームでふたりっきりになってしまった。多少はお酒の勢いもあったのだろう。それ以上に、フラれ続けている聡美を慰めようとしてくれただけ……。それだけのことだ、と。

たった一夜でも、亮介は彼女がこれまで聞いたことのない、甘い言葉をたくさんくれた。自分が社長令嬢に敵うわけはないのだから、黙って身を引くのが一番いい。

そう思っていた。

「あの……わたし、山本さんの恋人だって、思っていてもいいんですか?」

彼の顔を見上げて、おずおずと尋ねる。

すると亮介の唇が小さく動き、声が聞こえてくるより先に、彼の唇が降ってきた。

「あ、ちょっと、待……っ」

ここは本社のあるビルの屋上で、いつ、誰がやって来るかわからない。

しかも、昼休憩の時間とはいえ勤務中だった。

(キスなんて、してたらダメ、なんじゃ)

頭の中ではそう思うのに、突き放すことができなくて、されるがままになる。聡美の身体が初めて彼に愛された一夜を覚えていて、抱きつきたくなってしまいそうだった。

ふたりの唇がほんの少し離れた。

「恋人でも、婚約者でも、君の望むままに」

蕩けるような声でささやかれ、ふたたび唇が重なりかけ――。

聡美は誘惑を振りきるように、両手で彼の唇を覆った。

「ダ、ダメです。か、会社で、これ以上は……ダメ。だって、もし誰かに見られたら」

自分でストップをかけながら、本心では違うことを望んでいた。

(社内でキスなんて、なんていうか、ドラマのワンシーンみたい……ああ、でも、リアルじゃダメなんだってば)

そんな聡美の心を知ってか知らずか、亮介は一歩下がって両手を上げた。

「仰せのままに」

少し残念そうな声で言う。

ふたりの間に十数センチの距離ができる。たったそれだけの距離に、これまで経験したことのない寂しさを感じたとき、亮介はふたたび、彼女の耳元に唇を寄せた。

「その代わり、今夜、君の部屋に行ってもいい？　この週末はずっと、聡美ちゃんと一緒に過ごしたい」

頬がカッと熱くなる。

それは、初夏の陽射しのせいだけではなかった。

第四章　初めてのリア充体験

いつものコンビニ、いつものアイスクリームケースの前で、聡美は考え込んでいた。

（二個、買うべき？　でも、亮介さんはアイス食べないかも……。でもでも、一緒に食べたい！　でもでもでも、好きじゃないって言われたら？）

頭の中で『でも』が繰り返される。

我ながら……恋人と一緒にコンビニに入ったくらいで、こんなに緊張してどうするのだろう、と心配になってしまう。

（しっかりしてよ、わたし。高校生じゃないんだからね。ああ、でも、こういうのって、学生のころにすっごく憧れたなぁ）

そのとき、

「アイス買うの？」

「欲しいなぁって思って」

「じゃ、僕の分もカゴに入れておいて。バニラがいい」

「あ、はいっ！」

彼の言葉にホッとして、バニラアイスを二個、手にしたブルーのカゴに入れた。カゴの中にはすでに、おつまみや袋入りのお菓子、スイーツの類が数個入っている。

聡美は、ドリンクの冷蔵庫の前に歩いて行く亮介をチラッと見た。

スーツはいつもの量販品だが、黒縁の重そうなメガネはかけていない。そして、長めの前髪を今はかき上げていた。

亮介は、それほど目は悪くないのにメガネをかけているらしい。

その理由を尋ねると、

『会社員なんて柄じゃないから、メガネがあると少しは真面目に見えるだろう？　そのための小道具ってヤツかな』

そんなことを笑いながら教えてくれた。

「飲み物は本当に買わなくていい？」

「だ、大丈夫です。缶ビールとワインなら、いつも適当に置いてありますから。あ、わたしが毎晩飲むわけじゃないですよ。友だちがうちに来ることが多いんで……」

「わかってる、わかってる。でも、酔っぱらった聡美ちゃんは可愛いから、余分に買っていこうか？」

会社を離れると、彼の声は本当に色っぽくなる。

いつもはメガネの奥に隠れている瞳も、真正面から見るとやけに艶めいていて、聡美だけが知っている彼の素顔に、どうしようもなくドキドキしてしまう。

「買ってもいいですけど……今夜は、あのときみたいに飲みませんよ」

「僕に襲われるのが不安？　酔わされて、僕のような男に処女を捧げる羽目になった挙げ句、結婚の約束までしたこと——後悔してる、とか？」

「……ちょっと、だけ」

うつむいて呟くと、亮介が息を呑む気配を感じた。

「え？　本当に？」

「酔ってて、記憶が飛んじゃってる部分があるんです。せっかく最高の初体験だったのに、全部覚えていたかったな、と。ちょっとだけ後悔してます」

聡美は言いづらそうに告白する。

記憶にない部分がある、などと言うと、亮介が気を悪くするのではないか。そう思ったが、彼は逆に安堵したようだった。

「そっちの後悔なら、たいした問題じゃない。あれはほんの序の口。本番前の助走みたいなものだよ。もっと上があるから、楽しみにしてるといい」

言うなり、彼はカゴの中に長方形の箱を放り込んだ。

箱には『0.02』の数字が書かれてあり……。

「これって、コッ、コン、コン、コン」

「コン？」

それは間違いなくコンドームだ。

お泊まりデートの前に、コンビニで彼氏と一緒にお買い物――というシチュエーションは、聡美の長年の夢だった。しかし夢の中で、コンドームの購入までは想像してなかったように思う。

大事なものだし、必要なものだとはわかっている。何より亮介が、聡美の身体を大切に思ってくれていることも。

（でも、近所のコンビニでこんなの買っちゃったら……利用するたびに、エッチな目で見られたりしない？）

落ちついて考えてみれば、いい歳をしたカップルがコンドームを購入したぐらいで、誰も気にも留めないだろう。

でもこのときは、何もかもが初めて尽くしで焦りまくっていた。

「りょ、亮介さん、持ってたじゃないですか」

「一個くらいならね。今夜はそれで足りるわけがないから。それとも、今夜はつけないでっていうおねだり？」

「ち、ちがっ⁉」

ムキになって言い返そうとしたとき、亮介が口元を押さえ、お腹を抱えるようにして笑っていることに気づいた。

（なんか、思いっきり遊ばれてる？）

ちょっと悔しい。でも、これぞ恋人同士、といったやり取りみたいで嬉しい気持ちが半分以上だ。

照れ隠しもあって、聡美はコンドームのパッケージをチラッと見て尋ねた。

「これって、ナンバーが振ってあるんですね。でも、どうして小数点のついた数字なんでしょう？」

亮介がカゴに放り込んだ箱の数字は『0.02』、棚には『0.03』もある。

そんな聡美の疑問に、彼は声を潜めて教えてくれた。

「これはナンバーじゃなくて、ゴムの薄さってこと。ちなみにこの間使ったのは、これよりさらに薄い『0.01』。ああ、単位はセンチじゃなくてミリだから」

「ミリ？　そ、そんなに薄いんですか？」

頭の中で卵の薄皮くらいじゃないかと思い、あれこれ想像してびっくりしてしまう。

激しい行為だと、すぐに破けてしまいそうだ。ところが、使用方法の誤りや、それに伴う破損のアクシデントさえなければ、百パーセントに近い数字で防いでくれるらしい。

「この差って、体感でわかるものなんですか？」

と、尋ねたあとで気がついた。

彼が正直に答えてくれた場合、他の女性との使用感を聞かされることになってしまう。

聡美は慌てて質問を撤回しようとしたが、亮介のほうが一枚上手だった。

「それは、ふたりで試してみればわかるんじゃないかな。なんだったら、『0.03』も試してみようか?」

棚の箱を手に取り、彼は思わせぶりに笑う。

「いえ、あの、今回はこっちだけでいいです!」

亮介はその返事を聞いたあと、彼女の手からカゴを取り上げた。

「あ、待って、ここはわたしが払います」

屋上でのやり取りのあと、結局、ホテル代は受け取ってもらえなかった。

ちゃんと付き合うことになったのだから、友人たちには理由を話して返金すればいい、と言われたら反論できない。

帰宅途中で寄ったパスタの店でも、おごってくれたのだ。

『でも、お昼を抜いてたのは、ランチ代の節約でしょう? 無理しないでください』

聡美にすれば、これ以上気を遣わせたくない一心だった。

『それは……いや、あれは……まあ……とにかく、今は大丈夫だから。ああ、そうだ! これからもお弁当を作ってくれたら、そっちのほうがありがたい』

彼はかなり気まずい表情で切り返してきた。

必要以上に懐事情を詮索するわけにもいかない。かといって、一方的におごられるのは聡美の性に合わず、『コンビニで買って帰るおやつ代は払わせてください』という形で決着したはずだった。

聡美がカゴを取り返そうとしたとき、

「レジにいるのは、大学生らしき若い男だぞ」

「若い男って……そんなの、コンビニの店員さんがいちいち気にしませんよ」

つい先ほど、聡美が気にしたようなことを言われ、ちょっと笑ってしまう。

「男っていうのは、アレコレ想像するものだから……」

「だから？」

「他の男に、君の啼（な）き顔を想像されるのは嫌だ」

これまでの余裕ある態度とは違って、拗（す）ねた感じが可愛らしく思える。

聡美は不思議な気持ちで、彼の横顔を見上げたのだった。

亮介が精算を済ませてくれて、ふたり揃ってコンビニから出たときには、すっかり日も暮れていた。

この辺りは住宅地なので、都心のような煌めくネオンはない。

街灯はポツポツと点っていて、チカン注意の張り紙もいくつか見かける。聡美自身が遭遇したことはないが、その手の不審者も出ることは出るのだろう。

残業はめったにない職場なので、遅い時間に帰宅することは少ないが、こういう張り紙を目にすると、ちょっと怖い。

でも今夜は、隣を歩いてくれる人がいる。

（そういえば……今夜はアレが一個じゃ足りないって言ってたっけ？　何回もするっていうこと？）

あの夜も最高だったのに、あれより素晴らしい経験があると亮介は言っていた。

いろいろと考えるだけで、聡美はドキドキしっ放しだ。彼と並んで歩いているだけなのに頬が火照ってくる。

（暗くてよかった。でも、部屋……大丈夫だったかな？）

六畳の洋室と四畳のキッチン、お風呂とトイレは別で、室内に洗濯機置き場もある。ひとり暮らしには充分なスペースだ。

難を言うなら、五階建てマンションにもかかわらずエレベーターがないことだろうか。聡美は四階に住んでいるため、重いものを買ったときはちょっとつらい。加えて、ベランダがないので布団が干し難いことだった。

もともとあまり散らかすタイプではないが、平日に掃除機をかける時間はない。それに、洗濯物も部屋の中に干したままだ。

初めて恋人を家に招くなら、もっと完璧にしておきたかった。

「ひょっとして、こうして男と歩くのも初めて？」

聡美の緊張が伝わったのか、亮介が顔を覗き込むようにして尋ねてきた。

「初めてってわけじゃ……デートくらい、したことありますよ」

「それって、大学時代の自分勝手な元カレだろう？」

そういえば、聡美の恋愛経験が、大学時代でストップしていることは話してしまった気がする。

今さら嘘をついても仕方がない、と思い、聡美は正直に話した。

「まあ、そんな感じです。並んで歩くことはあったけど、なんていうか、今とは距離が違うっていうか……」

「僕が近づき過ぎて、聡美ちゃんを緊張させてるんだろうか？」

「そんなっ、違います！　そうじゃなくて……どうでもいいことかもしれませんが、コンビニでお買い物とか、憧れだったんですよ」

大人になったら、誰でもそんなデートをするものだ。もちろん聡美にも、そんな機会が来るに違いない、と。

ところが、大学生のときに経験した男女交際は失敗続きで、ステップアップするはずの社会人になっても、一向にそのチャンスは訪れなかった。

「経験できない分だけ、夢や憧ればかり大きくなって……。でも、結局、そんなチャンスは一度もなかったんですよねぇ。だから、嬉しい反面、すっごくテンパってるだけなんです」

「夢や憧れ、か。他にもある？」

そこを突っ込まれるとは思わなかったが、思い浮かんだままを口にしてみる。

「えーっと、ですね。デート中に手を繋いだり、人目を気にしながらキスしたり、あと……ラ、ラ、ラ」

「ラララ？」

「ラ、ラブ、ホテルに行ったり、とか？」

一流ホテルのスイートルームで初体験、というのは当然のように憧れのひとつだった。でもそれ以上に気になっていたこと。それは、同級生の女の子たちが気軽に口にする『ラブホ』の存在。街で看板を見かけたり、話を聞いたりするたび、いつかは自分も……と、興味津々だったことを覚えている。

「やだ、そんなに深刻な悩みとかじゃないですよ。女子高で女子大だったから、そういう話題が多かっただけなんです。今さら、もう」

「今はもう、憧れてないわけ？」

「それは……」

聡美は返事に詰まった。

十八歳になったら、大学生になったら、二十歳になったら、社会人になったら……そんなことを言い続けて、ここまできてしまった。

聡美だけ遅れていると思われたくなくて、周りと同じように跳び箱の段数を上げ続けた。本当は一番低い段すら、ちゃんと飛べていなかったのに。

「憧れて、ます。でも、初デートでお弁当を作って行って、すごく嫌がられちゃったから。それくらいなら、家政婦代わりでも喜んでもらえるほうが、まだマシかなぁ、なんて」

聡美が笑ってごまかそうとしたとき、目の前に亮介の手が差し出された。

「まず、手を繋ごうか」

あらためて見ると、彼の手はとても大きくて、聡美を支えてくれそうな頼り甲斐のある手に思えた。

勇気を振り絞るようにして、そうっと重ねる。

だが亮介のほうは、聡美の掌をまさぐりながら、指の間に押し込んできたのだ。

「僕たちには、こっちの繋ぎ方のほうがふさわしい、だろ？」

ギュッと握られ、ピッタリと重なった掌から、じわじわと熱が伝わってくる。

「恋人繋ぎなんて、夢みたい」

「んーそうだな。僕もよーく考えてみれば……女の子と手を繋いで歩くなんて、初めてかもしれない」

「まさか、そんな……嘘、ですよね？」

聡美が驚いて尋ねると、彼は苦笑いを浮かべている。

「言っただろう？　やんちゃして、高校は退学になったって。そんな男が、こんな初々しいことやってたわけがない」

「それって、初々しくないような男女交際、とか？」

しかも、それで退学になるほどの『やんちゃ』とはいったいなんだろう？

そんな興味津々な聡美の視線に気づいたらしい。

「待った待った。まさか退学理由が、女の子絡み、とか思ってる？　言っておくけど、僕はそんな可愛らしいタイプじゃなかったから」

「じゃあ、どういうタイプだったんですか？」

「それは……まあ、それなりに……」

とたんに声が小さくなり、視線が宙を彷徨(さまよ)っている。

しかも「あ、でも、逮捕歴はない」なんてことを言いきられても、なんと答えたらいいのだろう。

釈明しつつ、微妙に話を逸らせようする辺りがどうも怪しい。だが、その分だけ、彼の素顔

を垣間見た気がして、なんだか嬉しくなる。

　聡美は表情を和らげながら、優しい声で伝えた。

「やんちゃして退学なんて、今の亮介さんからは想像もできません。でも、もう、やんちゃなことはダメですからね」

「君が僕の傍にいてくれるなら、ずっといい子でいるよ」

　握り合った手にギュッと力を込めながら言う。

「あの……本当に、わたしでいいんですか？　結婚とか……だって、育ててくださったおばあ様に反対されたら」

　野田が言っていた『ああ見えて、彼はそこそこの家柄なんだ』という言葉。『そこそこ』がどの程度を指すのかわからないが、少なくとも京阪フードの社長令嬢の結婚相手として見合う家柄、ということになる。

（うちの父親って普通の会社員だし、おじいちゃんは中卒の大工さんだったし、わたし自身もこんなだし）

　今どき、家柄云々（うんぬん）で悩むことになるとは思わなかった。

　実際に言われたわけではないが、亮介の祖母にどう思われるか、考えるとやっぱり不安だ。

「いや、祖母は一度失敗してるからね。それに懲りて、僕の結婚相手には口出ししないと宣言してるんだ」

「……失敗?」

「僕の両親。ひとり娘に自分が選んだ婿養子を押しつけた結果、大失敗だった。僕から両親を奪ったと、祖母なりに後悔しているらしい。だから、僕が結婚したいお嬢さんがいると言えば、反対はしないはずだ。ただ……」

亮介は話すのをやめ、立ち止まった。

「体調の問題もあって、君のことを話すのはもう少し待ってほしい。結婚を口にしながら、さっさと話を進められなくて申し訳ない」

「そんなこと、全然気にしてません。わたしだって、すぐに両親に会いたいって言われても困りますし……」

亮介と出会って三ヵ月とはいえ、交際はまだ始まったばかり。

好きになった人に『好きだよ』と言ってもらえる幸福を、もっとゆっくり、じっくり味わっていたい。

すると、名案を思いついたように彼が声を上げた。

「ああ、そうだ!　その間、君の憧れを実践していこうか?」

「え?　それって……っ」

亮介の顔を見上げたとき、街灯の光が目に映り――一瞬で遮られた。

黒い影が覆いかぶさってきて、聡美の唇を奪う。

暗くなっているとはいえ、まだまだ人の行き交う時間帯だ。後ろはわからないが、前方には人影も見える。

そんな場所で、聡美はキスされていた。

(こ、これって、噂に聞く〝路チュー〟ですか⁉)

押し当てられた唇が、火傷しそうなほど熱く感じる。

閉じた瞼の裏で、線香花火がパチパチと火花を散らし……頭がクラッとした。

離れなきゃと思う反面、このままずっとキスしていたい、なんて思いも浮かんできて、自分で決めることなどできそうにない。

そのとき、十代らしい女の子ふたりの「きゃー」と言う声が聞こえてきた。

さすがに理性が軍配を上げ、聡美はキスから逃れるように下を向く。

「こ、こんな、ところで……」

「人目のあるところで、キスしたかったんじゃなかったっけ?」

「誰かに見られそうで見られないところですっ!」

聡美の手を握りしめたまま、亮介は身体を折るようにして笑っている。

それはいったいどういうシチュエーションなんだ、と聞かれたら……聡美もなんと言って説明したらいいのかわからない。

「次はラブホだな。行ってみたいところはある?」

「い、いえ、そこまでは。でも、天井の鏡とか……見てみたいような」

カラオケがある、と聞いたことがある。でも、そんなホテルに行ってまで、カラオケを歌うカップルがいるのだろうか？

真剣に考えていると、

「聡美ちゃんは意外とエッチなんだな」

思いがけないことを言われてドキッとする。

「え？　どうして、ですか？」

「天井の鏡に映る姿を見たいんだろう？　それって、ふたりが重なり合ってるところだろうから、僕のヒップがばっちり見える」

「そっ、そういう意味じゃ」

彼の言うとおり、抱き合ってるときに天井の鏡を見た場合、見えるのは亮介の背中からお尻にかけて、だろう。

（いやいや、ちょっと待って。べつにエッチしてるところを見たいってわけじゃなくて、ただ、天井に大きな鏡がついてるっていうのが気になるだけで）

その気持ちを言葉にしようとするのだが、何を言っても彼に抱かれるシーンが思い浮かんできてしまう。

「僕の裸が見たいなら、そう言ってくれたらいいのに。鏡越しじゃなくて、前も後ろも、たっぷり見せてあげよう」

「だから、ちが……」

違いますと言いかけ、そのまま口を閉じる。

少しだけ、見てみたいかも……という言葉を呑み込む聡美だった。

☆　☆　☆

マンションの建物は築三十年以上経っている。

当然、外壁や共有スペースは相応にみすぼらしくなっているが、中身は借主が替わるたびにリフォームされているので、室内はそれなりに綺麗だ。

バスルームも、それほど薄汚れた感じはしない。

とくに今は、バスルームの電気を消しているので、小さな汚れなど見えないだろう。そんなことを考えながら、聡美はバスタブに浸かっていた。

膝を曲げ、両腕で自分の身体を抱きしめるようにして座る。

そのとき、彼女から最も遠い位置でパシャンと水音が聞こえた。波紋はすぐに聡美まで届き、素肌をそろりと撫でて引いていく。

「聡美ちゃん？　せっかく一緒に入ってるのに、ひょっとして僕が怖い？」

波の発生源――亮介の声が聞こえてきた。

彼もバスタブの中にいて、聡美の正面に座っている。

バスタブは、彼女ひとりならかろうじて足を伸ばして座れる広さがあった。ただ、ふたり一緒だと……思いきり離れて座ったとしても、身体の向きを変えようとするだけで肌が触れてしまう。

「いえ、そうじゃないんです。わたしが入ってみたいって言ったのに……でも、ただ、入ることしか考えてませんでした」

穴があったら入りたい、というのは、きっとこういう気分のことを言うのだろう。

いや、この状況だと、頭までお湯の中に浸かってしまいたい、と言ったほうがより近いかもしれない。

ことの始まりは――今から二十分くらい前、バスタブにお湯を張ったあと、『お先にどうぞ』と亮介に言ったのがきっかけだった。

『裸は見なくていいの？』

と、亮介がからかってくるので、

『裸は、ともかく……恋人と一緒にお風呂に入って、イチャイチャするのも憧れのひとつだったかも』

そんなことを言ってしまった。

『じゃあ、さっそくやってみよう！』

即答する亮介に、あとになって『やっぱり、ちょっと』とは言い出せず――。

明るい中は恥ずかしいという聡美の希望に合わせ、電気を消してくれた。

だが真っ暗というのもさすがに動きづらい。亮介にそう言われ、彼の言うことも一理あると思い、脱衣所の灯りだけ点けることにしたのだ。

ガラス戸越しの光は思ったより柔らかく、シャンプーボトルの形すら、ぼやけていて輪郭がはっきりしない。

聡美はホッとしたが、それはつかの間のことだった。

(暗がりって、目が慣れるのよね。慣れちゃったら、けっこうはっきり見えてきて……。これじゃ、電気を消してもらった意味ないじゃない)

大きなため息しか出てこない。

そして、聡美が何度目かのため息をついたとき、バスタブの中のお湯が大きく揺れて、亮介が近づいてきた。

「あの……亮介さん？」

「見られるのが恥ずかしいんだろう？　だったら大丈夫。僕は目を閉じてるから、君の姿は見えない」

　真横まで近づいて来た彼を見上げる。

　すると、亮介は本当に目を閉じてくれていた。

「ご、ごめんなさい。往生際が悪くて……。憧れと現実のギャップに、ちょっと追いつけてないみたい」

　自分で口にした『一緒にお風呂に入って、イチャイチャする』だが、いざ現実になってみたら、具体的な内容までは全く思い描いていなかった。ただ、そういった行為に憧れを抱いていただけだったらしい。

　しかも長い間、想像だけの世界にいたせいか、臨機応変な態度が取れずにいる。

　そのとき、亮介の手が彼女の手を掴んだ。そのまま、彼自身の裸の胸に持って行く。

「慌てて追いつく必要はないよ。僕にとっても、こういう恋愛は初めてだ。ほら、こんなにドキドキしてる」

　掌を彼の胸にグッと押し当てられ、とくんとくんと鼓動が伝わってきた。それは一定のリズムを刻み続ける。

　伝わってくる心臓の音に、聡美の心は少しずつ落ちつきを取り戻していく。

（わたしのほうから、イチャイチャしたいって言ったのよね。それに亮介さんの身体って、やっぱりすごく逞しい）

一週間前の夢のような一夜が甦ってきて、聡美は思わず、自分のほうから彼の胸にもたれかかっていた。

「聡美ちゃん？」

「目を、開けてください。もう、大丈夫です。わたし、亮介さんのことが……好きだから」

じっと彼の顔をみつめる。

おもむろに瞼が開き、漆黒の瞳が見えたとき……聡美は胸の真ん中を、見えない矢に射抜かれた気がした。

そうするのが当たり前のように、ふたりの唇が重なる。そして、甘いリップ音がバスルームの中に、エコーがかかったように響き渡り――。

亮介の腕の中は、聡美にとって安堵できる場所だった。

彼の膝の上に横向きで座り、鎖骨の辺りに頬を押し当てていた。二十八年分の恋愛運が一気に押し寄せてきたようで、反動があるのではないか、と怖いくらいの幸せを感じる。

「髪、キスしたときに解けたみたいだ」

薄暗がりの中、バスタブに浮いているシュシュに気づいたらしい。亮介は手を伸ばして拾い上げてくれた。

亮介はお湯に浸かり濡れた髪をひと房掴むと、唇に寄せながらささやく。

「これを烏の濡れ羽色と言うんだろうな。脱衣所の灯りだけでも、艶めく美しさが見て取れる。

まるで、一度も染めたことがないみたいだ」

「――染めたことがないって言ったら、びっくりしますか？」

「いや、でも、どうして？　ヘアスタイルを変えることに興味がない、とか？」

　亮介の問いに小さく首を振った。

「そうじゃないです。あの……祖父母のことは話しましたっけ？」

「君が高校生のときにおばあさんが亡くなって、それがきっかけで、おじいさんは心のバランスを崩して療養施設に入っている、と。とても仲のよいご夫婦だったから、自分も結婚したらふたりのようになりたい。スイートで一緒に飲んだとき、そう言ってたよ」

　そこまで話していたとは思わず、聡美は赤面する。

　聡美の祖父母はとても仲睦まじい夫婦だった。なんといっても、ふたりが結婚したのは、祖母が十七歳のときだ。

　旧家の出身でかなり裕福な暮らしをしていた祖母は、親の決めたお嬢様学校に通い、同じく親の決めた結婚相手もいた。

　人生のレールはすでに八割方が敷かれており、自分はその上を進むしかない。親の言うとおりにすることで、自分は幸福になれるはず――祖母がそう信じ込もうとしていたとき、実家の改築工事に大工としてやって来た祖父と、運命的な出会いをしたのだ。

　祖母とは対照的に、祖父は早くに両親を亡くし、養護施設で育っていた。

　中学を卒業してすぐ大工見習いとなり、二十歳を過ぎて、ようやく一人前の大工として認められたところだった。財産と呼べるものはなく、収入も祖母の感覚ではお小遣い程度の金額にすぎなかったという。

　二十一世紀の現代ですら、身分の差というものがある。

　それが昭和三十年代となれば……。

「ふたりは思いあまって駈け落ちしたそうです。でも、見つかって連れ戻されて……そのすぐあとに祖母の妊娠がわかって、結婚だけは認めてもらえたって聞きました」

「それは……おばあさんは大変だったろうね」

「昭和三十年代にデキ婚ですからね。実家からは勘当されて、生まれて初めて東京に出てきて、そのときはご飯も炊けず、玉子焼きも作れなかったって言ってました」

　そんなふたりは文字どおり、『死がふたりを分かつまで』お互いを思い合って、素晴らしい人生を送ったのだ。

　だが人生の片翼を喪い、祖父の心は少しずつ崩れ始めた。

　砂の城が波に攫われるように、少しずつ、少しずつ……。祖父の中から、三人の孫の存在が消え、息子夫婦も消えてしまった。

　祖父は今、祖母と結婚して間もないころまで戻ってしまっている。

　そんな祖父のお見舞いに行くと、

『サトさん、よく来てくれたね。旦那様や奥様には見つからなかったかい？　つらい思いをさせてごめんよ』

聡美の顔を見るなり、祖母の名前を呼ぶのだ。

「わたし、若いころのおばあちゃんに似てるそうです。おばあちゃん、まっすぐの黒髪がお人形さんみたいで、とても可愛かったんですって。だから、わたし……おじいちゃんの前ではずっとおばあちゃんでいようと思ってるんです」

祖父はもう八十歳を超えている。認知症だけでなく、身体のあちこちが弱ってきていた。それでも、祖母と過ごした思い出は鮮明に浮かんでくるらしい。

聡美が黒髪のままいることで、祖父が少しでも長生きしてくれるなら……。

「染めたり、パーマをかけたりしたら、おじいちゃんががっかりする気がして。だから、ずっとこのままでいるつもりなんですけど……ダメですか？」

そう尋ねた直後、亮介が彼女の身体をぎゅうっと抱きしめてくれた。

「……ダメじゃない」

彼は喘（あえ）ぐように呟くと、言葉を続けた。

「人は……そんなにまで、深く愛し合えるんだ。僕もそんな人生を送りたい。今からでも間に合うだろうか？　ただただ誠実に、君のことを愛し続けたら、五十年……六十年後、君がもし何もかも忘れても、僕のことだけは覚えていてくれるだろうか？」

遠い未来の話なのに、彼のまなざしは真剣だった。

聡美の記憶違いでなければ、亮介は早くに両親を亡くし、祖母に育てられたはずだ。しかもその両親の結婚は祖母が勧めたもので、大失敗だったと言っていた。

亮介と結婚して人生をともに過ごすなら、その辺りの事情をもっと詳しく尋ねてもいいのではないか。

むしろ、何も知らないほうがおかしい気がする。

でも、今は——。

(今すぐ、ご両親のことを尋ねたら、亮介さんを苦しませてしまいそう)

知りたい気持ちを抑えて、聡美は彼の問いに答えた。

「もちろん、間に合います。何があっても、わたしはあなたの味方でいたい。でも、うちのおばあちゃんみたいに先に死んじゃったら……」

「きっと寂しくて、生きているのが苦痛になるだろうな。そのときのために、君そっくりの可愛い孫娘を作っておこう」

彼の冗談めかした返事に、聡美はクスッと笑う。

可愛い孫娘を作るには、まず可愛い息子か娘を頑張って作る必要がある。聡美はフフッと笑いつつ、両腕を伸ばして彼の首に抱きついた。

「せっかくなら、亮介さんに似たイケメンの孫息子も欲しいかも」

彼がメガネをかけているのは、真面目に見せるためだという。

その姿は聡美に負けず劣らず地味だが、メガネの下に隠された素顔は羨ましいほど整った容貌をしている。彼自身もそのことをわかっているようで、見た目に惹かれて近づいてくる女性が嫌いなようだ。

彼の容姿に触れたことで、気を悪くしたのではないかと思ったが……。

「じゃあ、両方ってことで。さっそく、子作りの予行練習をしておこうか？」

亮介の手が背中に回された。ふたり揃って動いたことで、お湯の表面が大きく波打ち、バスタブの縁から流れ出ていく。

大きな手が彼女の肌を確かめるように上下した。その手はゆっくりと下へ向かい、ヒップを撫で回したあと、指先で割れ目をまさぐり、奥まで押し込んだ。

「んっ……ぁ、はぅ」

大事な部分がお湯の中で押し広げられる。閉じていた淫らな花芯がお湯に晒(さら)され、ほんのりと温かくなった。

そのまま、彼の指が聡美の秘所をゆっくりと往復する。

「ん？　今、ヌルッとしたんじゃないか？　ああ、ここかな？　こうして弄ると、もっとヌルヌルしてくる。ここが気持ちいい？」

空気を震わせるようにしてささやかれ、聡美はこくこくとうなずいていた。

亮介は想像していたとおりの人だった。優しくて、穏やかで、聡美の心と身体を気遣ってくれる。一緒にいて心地よく、いつまでも傍にいたいと思わせる人。

とても恥ずかしい姿を見せているのに、彼への信頼が、聡美の中にあった根深い警戒心を消し去ってくれた。

「んんっ……ぁ、くっ」

唇を噛みしめ、彼の胸に顔を埋める。水音はどうしようもないが、大きな声だけは出すわけにいかない。

なぜかと言うと、このマンションの防音設備に問題があるせいだった。

バスルームはどこの家でも声が響くようになっている。ここが最悪なのは、壁一枚隔てた位置にお隣のバスルームがあることだった。

お隣には、聡美と同年代のＯＬが住んでいる。

部屋にお邪魔したことはないが、きっと対照的な間取りになっているのだろう。ベッドを置いている洋間のほうはクローゼットを隔てているせいか、生活音はほとんど聞こえない。

だがバスルームは……。

最初のころは、何も気にせずに入浴していた。水音やときには鼻歌が聞こえてくることもあったが、気になるほどではなかったからだ。

ところが、ある日のこと――バスタブにお湯を入れようとしたとき、女性の悲鳴らしき声が聞こえてきたのだった。

　耳にした瞬間、お隣で何かとんでもない……それこそ、事件のようなことが起きているのではないかと思ったほどだ。

　警察に通報するべきか悩み、じっとして聞き耳を立てていた。だが少しすると、奥手な聡美でもわかるような、生々しい喘ぎ声が聞こえてきて……。

　お隣のＯＬがバスルームで恋人と戯れていることは明白だった。

　とてもではないが、それを聞きながら入浴する気にはなれない。聞こえなくなるまで、何度か様子を窺う羽目になってしまったのだった。

　そのときのことが聡美の脳裏をよぎる。

「気持ちいいなら、声にしてくれないとわからないよ」

「それは、ダ、メ……お隣に、聞こえる、か……ら、あぁ……っ」

　ツプンと長い指が膣内(なか)に滑り込んだ。

　少しずつ入り込んできて、グリグリと蜜襞をこするように掻き混ぜる。

「お隣は真っ暗だった。まだ、戻ってないいんじゃないかな？」

　それは思いがけない情報だ。

（だったら、ちょっとくらい平気かも……って、やだ、違うったら）

　留守なら少しくらい、と考えてしまった自分が恥ずかしい。亮介に抱かれたのは一度だけなのに、聡美の躰は彼をしっかりと覚えている。

指を押し込まれただけで下肢が戦慄き、大きな期待に全身が包み込まれた。

「中はとろとろだ。熱くて、かなり狭い。僕の指をキュウキュウ締めつけてくるよ」

「やぁ、そんなふうに……いやらしいこと、言わないで……」

腰をほんの少し浮かせ、彼の指を受け入れやすくする。ごく自然にそんな格好をしてしまうのは、彼を愛しているから、と思いたい。

亮介も、聡美の腰がわずかに揺れていることに気づいたようだ。

「聡美ちゃん、僕の脚を跨いで……もっと、近づいてごらん」

言われるままだった。

彼の腰を跨ぐようにして、少しずつ身体を寄せて行く。

膝立ちになったことでお湯に隠れていた胸が露わになり、その谷間に亮介が顔を埋める。唇が柔らかな双丘をなぞり、片方の頂に吸いついた。

「あぁっ！」

胸への刺激がふい打ちだったこともあり、声を聞かれるかもしれない、なんてことを考える余裕もなかった。

いっそう強く抱きつき、亮介の膝に腰を下ろそうとした、そのとき……ぬかるんだ聡美の秘所に、硬いものが当たったのだ。

それが充分に滾ったペニスだと気づくのに、時間はかからなかった。

「亮介さん、あの……その……」

彼は本気で『子作りの予行練習』をするつもりだろうか。

声にはしなかったが、勘のいい亮介は聡美の気持ちを察したらしい。

「ごめん、節操なしで。でも、我慢できそうにない。中には射精さないから、ちょっとだけ、入れてもいい？」

この状況で、愛する人にお願いされて『ノー』と言える女性はいないだろう。

聡美が小さくうなずくと、彼は腰を揺するように動かした。蜜口を突かれ、ググッと押し開かれていく。それに合わせるように太ももの力が抜けてしまい――。

次の瞬間、亮介の昂りはさらに奥まで滑り込んだ。

「うっ……くぅ、んんっ」

初めてのとき以上の衝撃だった。

お湯の中なので体重はかからないはずだが、それでも真下から突き上げられる感覚は、心地よさより怖さのほうが大きい。

聡美は恐怖をやり過ごすように、ギュッと目を瞑った。

その直後だった。躰に感じる負担が軽くなり、聡美は亮介の顔を見る。

「二度目でこの体位はきつい、か。本当にごめん。でも、こうしてるだけで気持ちいいから、しばらくの間、このままでいてほしい」

亮介の腕が腰に回され、聡美の身体を支えてくれていた。

天井を穿つかのように感じた灼熱の杭は、痛みを感じない位置まで引き抜かれている。亮介の優しさを感じ、聡美は胸が熱くなった。

「ごめん、なさ……い。わたしが……慣れて、ないか、ら」

本当は、思う様に突き上げたいのではないか。

亮介にばかり、我慢を強いているのではないか、と申し訳なさでいっぱいになる。

「慣れてる女がいいなら、風俗にでも行くさ。でも、僕はもう、そんなセックスはしたくないから。――何も持たない僕を好きだと言ってくれた、そんな君と愛し合いたい」

彼の言葉はまっすぐで、聡美の心は激しく揺さぶられた。

この真摯な思いに全力で応えたい。

「わたしも、もっと愛し合いたい。だから、その……ベッドだったら、もっと……奥まで入れても、平気だと思うから」

思い浮かんだ精いっぱいの妥協案だった。

その思いは彼にも伝わったようだ。

「じゃ、お風呂から上がってベッドに行こうか」

「は……い」

自分からベッドに誘ってしまったことに、ドキドキしながら聡美はうなずいた。

聡美の濡れた身体を、亮介がバスタオルで拭いてくれた。

お返しに、と聡美も彼の身体を拭き始めるが……とても正視できず、手探りでバスタオルを動かすだけになってしまう。

「胸や腕だけじゃなくて、もう少し下も頼める?」

「あ……はい、下……下って」

腹部からさらに下に手をやると、硬いものを指先が掠めた。

「やだっ!　あ、嫌じゃないの。そうじゃなくて……えっと、ごめんなさいっ」

「大丈夫だよ。謝らなくていいから、ソコも拭いてくれるかな?」

聡美は息を呑んだ。

バスタオル越し、彼の肉棒をそっと握りしめる。手にして初めてわかったが、なんという質感だろう。こんなにまで硬く大きなものが自分の胎内に入っていたのだと思うと、驚きを通り越して、不思議でならない。

(あんなに激しく動かされても、傷ついたりしないんだ……男と女って、本当にぴったり重なるようにできてるのね)

他人事みたいだが、それが正直な感想だ。

「怖くなった?」

「そ、そんなこと、ない。でも……亮介さんのコレって、すごく、大きかったりします?」

聡美がおずおずと尋ねると、亮介は照れたように笑いながら答えてくれる。

「いや、日本人男性の標準じゃないかな」

ということは、ほとんどの日本人女性が、こんなに大きなモノをちゃんと受け入れていることになる。

「わたし、頑張ります! 頑張って、お風呂の中でも、最後までエッチできるようになりますから」

「それは、嬉しいけど……まだ二回目だから、焦らなくていいよ」

やはり亮介は余裕たっぷりだ。

たった三歳の差が、十歳くらいあるように感じる。それが経験の差なのだろう。彼といろんな経験をした女性たちが恨めしく思えてしまう。

(あ、ダメだ。よけいに焦ってしまいそう)

聡美が彼から視線を外したとき——そんな彼女を追いかけるように、亮介が顔を覗き込んできた。

「年齢相応の経験はあるけど、ふた股はしないし、結婚を餌に口説いたこともない。そう言っても、僕のことが信じられない？」

彼の問いに、聡美は慌てて首を左右に振る。

「そうじゃなくて……あの、レストランの女性とか、勝手に恋敵を作って、勝手に比べて、勝手に負けてるなぁって思ってるだけなんです。亮介さんが、あんまりカッコいいから」

そんな亮介に、少しでも似合う女性になりたい。

レストランで会った女性のように、とまでは言わない。社長令嬢らしい彼女と同レベルなど、いくらなんでも高望みし過ぎだろう。

「じゃあ、新しいこと、僕が教えてあげようか？」

「それって、亮介さんが喜んでくれること？」

彼は楽しそうにうなずいている。

「女性と一緒にいて、こんなに楽しい時間が過ごせること自体、僕にとっては驚きだ。でも、そうだな……君がこのバスタオルを取って、直接触ってくれたら、もっと嬉しい」

ほんの少し息を止めたあと、聡美は手にしたバスタオルをギュッと握った。

そして、彼の言葉に操られるように――バスタオルを引っ張っていく。

常夜灯のオレンジ色の明かりに包み込まれた寝室で、ふたりは折りたたみのベッドの上に向かい合って座っていた。

露わになった彼の下腹部には、すでに真上を向いてそそり立つアレがある。

聡美がじかに触れた瞬間、ヒクヒクと小刻みに震えた。初めて見る不思議な動きに、目が離せなくなる。

目を逸らすことができず、じっとみつめていると……先端からヌメリを帯びた液体が滲み出てきて、たらりとこぼれ落ちた。

見る間に亮介の分身は力が漲らせ、今にもはちきれそうなくらいだった。

「模型とは、全然違うんですね。色とか、形とか……」

「模型？　バイブじゃなくて？」

「バッ⁉」

思いがけないことを言われて、つい、手の中のモノを握りしめてしまう。

「こっ、こらこら、力いっぱい握ったらダメだ」

彼らしくない慌てように、聡美のほうもびっくりする。

しかも、ギンギンに張り詰めていたはずなのに……聡美がほんの少し力を込めただけで、とたんに力を失っていく。

「やだ、ごっ、ごめんね。痛かった？」

仔犬にでも話しかけるように謝りつつ、あらためて優しく撫で回した。

すると、どうしたことだろう。彼自身が『大丈夫！』と言わんばかりに、ふたたび力を盛り返してきたのだった。

「すごい！　これって、亮介さんが動かしてるんでしょう？」

「そう、自由自在に……って言いたいところだけど、そんな器用な真似はできないさ。ところで……模型って？」

「高校のとき、性教育の授業があって……着け方を習ったんです。そのときに模型があって、でも、こんなくびれはなかったし、もっと細くてピンクに近い肌色だったから……」

身体の表に出ている部分なら日焼けもするだろう。しかし、どう考えても太陽の下に晒すような場所ではない。そのため、どちらかといえば肌に近い色を想像していた。

（常夜灯の光しかないから、ハッキリとは言えないけど……黒っぽい感じ？　どう見ても、肌色とは全然違う、よね？）

観察するようにマジマジとみつめる聡美の視線をどう思ったのか、亮介は彼女の肩に手を置き、ため息をついた。

「聡美ちゃん……三十過ぎて肌色だったら、それはそれで悲し過ぎる」

「そういうものなんですか？」

恋人のいない女性が普通に生活していて、男性器について具体的に知るケースは少ない。だから、聡美が成人男性の平均的な色を知らなくても無理はないのだ。

ただ、それ以前の問題として、この歳まで知る機会すらなかった、ということは……あまり『普通に生活』していないのかもしれない。

「じゃ、新しいチャレンジだ。君の手で着けてみてくれ」

亮介はごく自然な動作で、枕の下から四角いパッケージを取り出した。

（え？　なんでわたしのベッドにあるの？　いつの間に⁉）

それはもちろん、コンビニで買った『0.02』だった。

聡美がお風呂の用意をしたり、お茶を出したり、ドタバタしているときに、素早く準備したのだろう。

感心しながら受け取り、切り口からそうっと破っていく。

コンドームを手にしたのは、人生で二度目の経験だ。クラス中できゃあきゃあ言いながら試したときのことを思い出す。

しかも、今回は装着対象が模型ではない。

緊張のあまり、聡美の手はプルプルと震えていた。

その上、コンドームにはローションがたっぷりついていて、どうにも掴みづらい。何か理由があるのだろうが、こんなに着けづらくては問題だ。

「たしか……先を抓んでから、着けるんでしたっけ？」

十年以上前の記憶を必死で引っ張り出してくるが、なんとも心許(こころもと)ない。

「これは改良されて、先端に空気は入らないようになってる。こうして、亀頭に合わせて、そのまま根元まで下ろしていけばいい。ああ、爪で引っ掻かないように、気をつけて」

彼が手を添えてくれて、スルスルと下ろしてくれた。

常夜灯の下、テラテラと光って見えて、まるで蛍光塗料が塗ってあるかのようだ。

「これ……光ってます?」

「そういうゴムもあるみたいだけど、これは違うと思うよ。たぶん、ローションのせいじゃないかな?　薄い分、滑りをよくしてるんだろう」

一度触れたら羞恥心や抵抗感も少なくなった。

そうなると、つい、コンドーム越しの感触も確かめてみたくなる。

恐る恐る手を伸ばすが、聡美が彼自身に触れるより早く、亮介の指先が彼女の太ももを撫でたのだった。

「あ、あの……」

自分から仰向(あおむ)けに転がるべきだろうか。それとも、このままの格好で、ひょっとしたら跨ぐように言われるのかもしれない。

いろいろ考えて動けなくなった聡美に、亮介は微笑みながらささやいた。

「僕を気持ちよくしてくれた君に、今度は僕の番だ」

「そんな、わたしは……やっ、きゃっ!?」

自ら転がるまでもなく、亮介に足首を掴まれ、あっという間に転がされていた。

しかも、片足を高く持ち上げるので、恥ずかしい場所が丸見えになってしまっている。聡美はびっくりして両手で股間を隠した。

「待って、待ってください、亮介さん。こんなの、見えちゃう……見えますって！」

「僕のアソコはしっかり見たくせに、君のは見るなって？」

そんなふうに言われたら、隠すのはずるいような気がしてくる。

だからと言って、自ら手を離し……『さあどうぞ』と堂々と見せるのも、女性としての慎みを失うような気がした。

（どうしよう……どうしたらいいの？）

真剣に悩んでいる聡美と違い、亮介は『僕の番』を言葉どおり実行した。

手をどかされ、露わになったその場所に、彼は掠めるように触れる。指先を軽く動かしているだけなのに、聡美の身体を快楽の頂点へと押し上げていく。

正直に言うなら、その行為は逞しい彼自身を挿入されるより心地がいい。

指先のほうが昇り詰めやすいのは、聡美が不慣れなせいかもしれないが……だが、今回は指だけでは済まなかった。

「はぁう……あっ、あ、あぁ……んっ」

声を出すまいと思うのに、我慢できずに声が漏れてしまう。

手の置き場がなくなり、聡美は羞恥に顔を覆い隠した。その直後、弄られている場所にこれまでと違う感触が広がった。

温かく、弾力のあるもので秘所を撫でられ……背筋がゾクッと震えた。

「きゃっ!?　な、何？」

下腹部に目をやると、驚いたことに、脚の間に亮介が顔を埋めていたのだ。

蜜の溢れるとば口を舌先でなぞるように舐められた。彼はそこにキスしながら、あろうこと
か舌を窄めて蜜窟に捻じ込んでいく。

「やっ、ダメ……そんなと、こ……ぁ、あっ、ああっ、あぁーっ！」

淫芽を指でクニュクニュとまさぐられ、抑えることもできずに嬌声を上げていた。

太ももが戦慄き、腰を動かさずにいられなくなる。躰の奥から新たな蜜液が溢れ出した。割
れ目に濡らしながら、臀部へと温もりが伝い……。

「やあぁっ！　ダメェーッ！」

聡美は抗うこともできず、シーツを掴んで頤を反らせていた。

「やっと、イイ声を聞かせてもらえた。そろそろ、僕も我慢の限界だ。――入れるよ」

快楽の余韻に震えながら、聡美はコクコクとうなずく。

昂りを挿入されるより指のほうが、指で愛撫されるより口淫のほうが、より気持ちよくなれ
ることを知った。だが、彼の欲棒を胎内に受け入れ、ひとつに結ばれる充足感は何ものにも代
えがたい喜びだ。

ローションに塗れたペニスが、そろそろと挿入されていく。

初めての夜に比べるとかなり楽に感じる。思えば、バスタブでも彼を受け入れたし、充分過ぎるほど濡れているので、当然と言えば当然かもしれない。

だが、とてもそれだけとは思えなかった。

もし何かトラブルがあったとして、今夜亮介の子供を授かったとしても、聡美は喜んで受け入れることができる。

心から信頼できる人に巡り合えたことが、嬉しくてならない。

腕の中にある温もりが愛(いと)おしかった。躰の奥に滑り込んでいく感覚が妙にこそばゆく、それでいて、気持ちがいい。

「聡美、つらくないか?」

亮介の声はついさっきまでとは違い、上ずっていた。

「平気……お風呂の、中で……は、あっ、あんっ……ちょっと、苦しかったけ、ど……今は、だい、ああっ」

グイッと押し込まれ、聡美の身体も小さく跳ねる。

「優しく、したいのに、できそうにな……い」

彼は腰を引き、さらに奥まで突き上げ——その繰り返しに、折りたたみのシングルベッドはギシギシと悲鳴を上げた。

「好き……好きなの。亮介さん……愛してる」

「僕も、愛してるよ、聡美」

情熱が抑えきれなくなると、彼は聡美を呼び捨てにする。それは聡美にとって、嬉しい呼ばれ方だった。

もっと、彼に名前を呼んでほしい。そう思う反面、聡美は彼ほど器用ではないので、プライベートで『亮介さん』と呼び続けると、会社でも同じように口走ってしまいそうで怖い。

（ああ、でも、もうダメ。もう、彼と無関係のフリなんて、できない気がする。会社で、どんな顔をして一緒に働いたらいいの？）

今日の昼まで、聡美は彼から身を引けるよう気持ちをとどめていた。

だが今は……。

直後、いっそう強くベッドが軋み始める。

「悪い……もう」

彼女の耳に、亮介の呻き声が届き——数秒後、膣内で、彼の雄身が爆ぜ飛んだ。

☆　☆　☆

「七原さん、頼まれていた概要ができました。一部持ってきましたので、チェックお願いします」

そう言って亮介は数十枚の紙の束を差し出した。

営業部から依頼されたもので、決められた部数コピーして、ステープラーで留めるだけの仕事だ。単純作業な分だけ性格によって仕上がりがだいぶ違ってくる。亮介は丁寧な分だけ時間がかかったが、最近はかなり速くなってきた。

「ご苦労様です。はい、たしかに」

そう言いながら、聡美はページを一枚捲る。そこに貼られていた小さな付箋には、几帳面な性格を表すような、丁寧な文字で書かれてある。

その内容は――。

【今夜も泊まっていい？】

亮介からのデートの誘いだった。


楽しい日々は飛ぶように過ぎていく。

ふたりが初めて結ばれてから、あっという間に二ヵ月が経った。

週末は、彼は祖母の代理でいろいろとしなければならないことがあるらしく、ほとんどデートらしいデートはできない。

野田曰く『そこその家柄』の女主人となる亮介の祖母は、いろんな名誉職についているのだという。その中には、親戚が経営する会社の役員という肩書きもあるらしい。

『形だけなんだけど……時々、役員として会議に呼ばれたりするから、平日も休まなきゃならないいんだ。まあ、しばらくの間だから』

仕方なさそうに言うが、亮介自身の仕事に対する姿勢はそれでいいのだろうか？

勤務中の態度を見る限り、総務の仕事も嫌々やらされているようには思えない。サンワ食品に入社できるよう、口を利いた野田にしても、いつまでも祖母に頼らず、亮介にも一人前になってほしいと願ってのことだろう。

とはいえ、野田の考えは今ひとつわからない。

野田は亮介の家のこともいろいろと知っており、亮介が祖母の代理を務めることに、文句を言っているようでもなかった。

その証拠に、亮介が祖母の頼みで遅刻、早退、欠席していることを知ると、会社側には自分の用事と言っているらしい。

『仕事のことは……それなりに考えている。ああ、そうだ。僕に個人的な借金はないから、その点は心配しないでくれ』

ランチ代を抜くほど困窮しているのか、と思っていたのは聡美の誤解だった。

彼は、祖母からの頼まれごとをこなすため、昼食も食べずに時間を割いていた、と説明してくれた。

『じゃあ、わたしがお弁当を押しつけたせいで、時間がなくなったんじゃ……？』

もしそうなら、彼に遅刻や早退が増えたのは、聡美のせいだ。

責任を感じて聡美が謝ると、亮介は『そうじゃない』と否定した。

『祖母に頼りにされて、自分でも無理していたんだ。君がいてくれなかったら、どこかで倒れていたかもしれない』

そう言って抱きしめてくれたのだった。

(二日連続でお泊まりかぁ。でも、少なくても週に三日、先週なんか五日もうちに泊まってない？　わたしは嬉しいけど……。いっそ、同棲もいいかも！)

結婚は王道的な憧れだが、同棲という単語にも背徳的な憧れを感じる。

親の目を盗んでいけないことをする……という歳でもないが。とにかく、これまでそういう経験がないだけに、結婚前にいろいろとやっておきたい気持ちはあった。

聡美はポケットに入れた付箋をコソッと取り出す。

じっとみつめながら、昨夜のアレコレを思い出して頬が緩んできたとき、

「七原さん、久しぶり！」

　聡美の心臓が跳ね上がった。

　ここには自分ひとりだと思っていた。考えてもいなかった人に、考えてもいなかった場所で声をかけられ、驚かない人はいないだろう。

（これって、万引きが見つかったとき、みたいな？）

　場違いなことを思い浮かべつつ、どうにか平静を取り繕う。

「お、お疲れ様です、佐々川さん。どうも、ご無沙汰しております」

　聡美がいるのは最上階の重役用会議室だった。

　広さは大会議室の三分の一程度。大きなドーナツ型テーブルが中央に置かれている。テーブルの天板はウォールナットで茶褐色に艶めいて見えた。

　テーブルの周囲には重役用の会議椅子が二十脚並んでおり、他の会議室とは比べものにならないくらい豪華だ。

　壁際には重役をサポートするために、部下や秘書の席まで用意されていた。

　約三十分前まで、ここで会議が行われていた。終了後、後片付けをするよう上から総務課に指示があった。

　通常なら、準備と同じく片づけも秘書室の人間がするようになっている。ところが、今日は会議のあと、重役たちが軒並み社外に出る用事があった。当然、秘書も一緒に外出することになり、片づけに回す人間がいなくなってしまったという。

人手が足りなくなれば、内容問わず駆り出されるのが総務課の宿命だ。

総務課の人間なら心得ていることだが、この最上階に駆り出されることだけは、みんなが嫌がった。しかし、それも無理のないことのように思う。

(どれだけキッチリやっても、あとで必ず文句を言われるんだもの。誰だって、この階はやりたくないと思う)

しかも、こういうことが年に何度もあるのだ。

それがわかっているから『総務で一番有能な女子』といった適当な理由で持ち上げられ、もう何年も前から聡美ばかりが最上階の担当をしている。

一応、肩書きは備品管理となっているのだが、仕事の内容は〝なんでも屋〟だ。

その最上階で働いている数少ない若手社員のひとりが、この佐々川史也(ふみや)だった。彼は秘書室所属の男性社員である。

聡美に親しげに話しかけてくる理由は――。

「相変わらずお堅いねぇ、七原さんは。俺とは同期なんだからさ、もっとざっくばらんに行こうよ」

彼が言うとおり、ふたりは同じ年度にサンワ食品に入社した。佐々川のほうは大学を一年浪人しているので、年齢はひとつ上だ。

佐々川が卒業した有名な私立大学は社長の母校に当たり、それが理由で社長の第二秘書に抜擢（ばってき）されたという。次の秘書室長候補として、出世コースに乗ったという話も聞いていた。

聡美の印象では、佐々川は人に頼る、人を使うことが上手で、要領のいい男性だった。

とくに女性が相手だと実力以上の力を発揮する。年齢より若く見え、ちょっと頼りなさそうな容姿だが、それが彼の最大の武器らしい。女性の母性本能をくすぐるのに有利に働き、中でも、年上の女性には率先して助けてもらえるのだという。

ずいぶん前、入社直後は同期と飲みに行くことも多く、そのときに『モテる秘訣（ひけつ）』だと、ポロッと話していた。

（今も、そうなのかな？　でも、メチャクチャ苦手なのよね、この佐々川さんって）

聡美の場合、お願い、と言われたら断れない人間だ。

新人研修のころ、この佐々川から多種多様な頼みごとをされ……雑事ではあったが、簡単に引き受けて嫌な思いをしてきた。

ただ、大学時代の――頼られることに浮かれて恋人だと思っていたら実は家政婦だった――という痛い経験もあったので、佐々川に対しては警戒心だけで、特別な感情はなかったと断言できる。

新人研修を終えてそれぞれに配置が決まると、しだいに、同期で集まるより、同じ課の同僚と飲むことが多くなっていき……。

ここ数年、彼と顔を合わせることもなくなり、聡美はホッとしていた。

「七原さんのことはさ、いろいろと聞いてるよ。俺ってさ、これでも、社内外にけっこう人脈あるんだよねぇ」

思わせぶりな言葉に息が止まる。

彼はいったい、何を知っていると言うのだろう？

今の聡美にとって一番重大なことは、亮介との関係だ。

サンワ食品の場合、社内恋愛が禁止というわけではない。職場結婚も多く、夫婦で働いているケースも多々ある。

聡美も、亮介に不満がなければ、結婚後も仕事は続けたいと思う。

（亮介さんのことを信じてないわけじゃないけど、仕事に関しては……いいのよ、別に。長く海外生活をしてたんだもの。うちが合わないなら、違う会社に移って、彼のやりたいことを探してくれたら……）

詳しく聞いたわけではないが、亮介の実家――祖母の家というのはけっこうな資産家なのではないだろうか。なんとなくだが、聡美はそんなふうに感じていた。

亮介が自分の仕事を二の次にして、祖母の代わりを務めているのも、働かなくても生活に困らない環境だからではないか、と。

だが、いくら実家にお金があったとしても、いつまでも働かず、若いうちから名誉職に甘んじるというのもどうだろう。

　彼の祖母もそれを望んではいないはずだ。

（そうでなきゃ、野田専務に頼んだりしないと思う。でも、無理は言いたくないから、その分、わたしが頑張って働かなきゃ！）

　そのためにも、お互いの実家に挨拶を済ませ、結婚の日取りを正式に決めてからでないと、社内で発表するわけにはいかない。

「どういう意味でしょうか？　わたしのこと、いろいろって」

「決まってるじゃない。七原さんが最近、めっちゃ綺麗になったって話だよ。総務のほうからそんな噂を聞いてさ、思わず会いに来ちゃった」

「そ、そんな、綺麗だなんて」

　お世辞とわかっていても、やっぱり嬉しい。

（それって、プライベートが充実してるせい？　亮介さんのおかげよね。あ、これって生まれて初めてのリア充ってヤツ？　きゃー、幸せ過ぎる）

　佐々川の言ういろいろの中に、聡美と亮介の交際は含まれてないのかもしれない。安堵した瞬間、頭の中がお花畑になってしまい、亮介のことでいっぱいになる。

　目の前にいる佐々川のことを忘れそうになったとき、

「ふーん、男かぁ。そうだろうなぁって思ってたけどね。でも――野田専務絡みの男には、気をつけたほうがいいよ」

ふいに佐々川の声色が変わった。

聡美はハッとする。いつの間に、これほどまで近くに来ていたのだろう。気づいたときには、佐々川は彼女のパーソナルスペースに入り込んできていた。

ここは会社の中だ。しかも最上階の重役用会議室。真っ昼間から何かするとは思えないが、それでも距離が近過ぎる。

だがそれ以上に、佐々川の言葉の内容が気になった。

「何を、おっしゃってるのか……」

「こう見えて、俺って社長秘書なんだよねぇ。野田専務が起死回生の一発を狙って、何かたくらんでるって話。それも、妙な男をコネ入社させてさ」

妙な男というのが亮介のことだろう。

佐々川は野田が亮介を使って何かたくらんでいると言いたいらしい。だが、一年以内に定年退職を迎える野田が、今さら何をすると言うのだろう？

（窓際に追いやられたのって十年も前でしょう？　起死回生を狙うなら、もっと若いうちに計画するんじゃないの？）

聡美はそんなふうに思ったが、口にするよりもまず一歩後ろに下がる。

「本当はさ、何か知ってるんじゃない？」

「わ、わたしは、何も……」

「俺さ、新人のころから、ずっと君のことが気になってたんだ」

「……は？」

「君も俺のこと、好きだったろう？　頼んだら、なんでもＯＫしてくれたもんなぁ。君の気持ちには気づいてたんだけどさ、ほら、まだ仕事とか全然自信なくて、言い出せなかったんだ」

「……」

聡美は言葉が出てこず、佐々川の急変ぶりに、ただ唖然（あぜん）としていた。

こんなふうに、『なんでもＯＫ』などという言い方をしたら、聡美が性的な要求にも応じていたように聞こえる。

そんなことは一切ないのに、どうして親密だったように言うのだろう。

「得体の知れない男のこと、あんまり信用しないほうがいいよ。何もなくても、高校を退学になったような馬鹿じゃ、専務が退職したら居場所はないと思うんだよねぇ」

聡美には、この佐々川のほうが得体の知れない男に見える。じりじりと恐怖が足元から這（は）い上がってきて、聡美はもう一歩下がった。

すると、佐々川は二歩近づいてきたのだ。

（やだ……どうして？）

恐怖を感じてさらに下がると、もっと距離を縮めてきて……。

「同期のよしみで、七原さんに教えてあげたんだよ。感謝してくれるだろう？　だからさ、七原さんも何かわかったら俺に教えてくれないかなぁ。いいだろ？」

　佐々川と身体が触れそうになり――。

　聡美はとっさに会議椅子を掴み、佐々川との間にドンと置いた。

「お断りします！　わ、わたし、山本さんと……けっ、結婚を前提とした、お付き合いをさせていただいてます。野田専務のお話とか、なんのことかわかりませんが……わたし、佐々川さんのことは、昔も今も、全然好きじゃありませんから‼」

　ひと息に叫ぶと、聡美は会議室から出て行こうとした。

　だが、三歩も歩かないうちに手首を掴まれ……そのまま、引っ張られそうになる。

「きゃっ⁉」

「七原さんさぁ、騙されてるんだよ。俺が目を覚まさせてやろうか？」

　頭のすぐ後ろで佐々川の声が聞こえてきて――。

　そのとき、入り口のドアがかなり激しくノックされた。

「失礼します。山本です。七原さんを手伝うよう言われてきました」

　亮介の声が聞こえ、すぐさまドアが開く。

　同時に、佐々川がパッと聡美の手を放した。自由になった瞬間、聡美は慌てて佐々川から離れる。

「そういうことだから、七原さん、よーく考えておいてよ。悪いようにはしないから」

思わせぶりな言葉を残し、佐々川は立ち去ろうとする。

亮介に妙な誤解はされたくない。そのためにも何か言い返したいが、久しぶりに会った佐々川は、調子がいいだけの男性ではなくなっていた。

聡美は困惑の只中（ただなか）にいて、ひと言も口にできない。

佐々川が会議室から出て行こうとしたとき、

「どけよ、平社員。さっさと片づけを済ませて、自分にふさわしい場所に戻るんだな」

ドアの横に立つ亮介に向かって、吐き捨てるように言う。

聡美はカッとして佐々川に言い返そうとする。

「佐々川さん、そういう言い方は……」

そのとき、亮介が聡美の反論を目で制したのだ。

彼女が口を閉じるなり、亮介は佐々川のほうを向いた。

「社長秘書の佐々川さんですよね？」

「それがどうした？」

「いえ。仕事はさっさと片づけて、可能な限り早く、本来の場所に戻らせていただきます。但し――七原さんは僕の婚約者なので、二度と触れないように」

会社ではうつむいてばかりいる亮介だが、このときばかりは顔を上げて、佐々川を睨みつけた。

その表情と声色は、ホテルのレストランで会ったときを思い出させる。抑揚のない冷ややかな声に、聡美は息を呑んだ。

だが、佐々川のほうは納得がいかなかったようだ。

彼は顔を真っ赤にして、亮介に掴みかかった。

「なんだ、その言い草は⁉　おまえが野田専務の命令で、我が社に入り込んだことはわかってるんだぞ。それに、彼女とは……新人研修のときによろしくやった仲なんだ。俺が声をかけたらすぐに——」

一瞬のことだった。

亮介の襟首に掴みかかったはずの佐々川だったが、あっという間に手首を押さえ込まれ、身体を反転させられていた。

佐々川のほうがドアに顔を押しつけられ、腕を捻り上げられている。

「それ以上は言わないほうがいい。僕が何をやらかして高校を退学になったか、身をもって知りたいなら、話は別だが……」

亮介の口調は冷静さを通り越して、恫喝(どうかつ)にすら聞こえた。

聡美と同じことを佐々川も感じたらしい。彼は、それ以上ひと言も発さず、亮介が力を緩めるなり、ほうほうの体で会議室から逃げ出したのだった。

亮介とふたりきりで残され、聡美は安堵の息を吐く。

「ごめん。ことを荒立てないほうがいいと思ったんだけど、君の悲鳴が聞こえて……じっとしていられなくなった」

聡美が亮介の態度に怒ったとでも思ったのだろうか。彼の申し訳なさそうな顔を見た瞬間、聡美はここが会社であることも忘れ、駆け寄っていた。

堪えきれずに、彼の胸に飛び込む。

「佐々川さんとは何もないから！　同じグループだったから頼まれて、というか……押しつけられて、資料集めたり、原稿書いたり、しただけだから。そもそも、佐々川さんみたいな男の人って苦手だし」

必死に説明していると、しだいに亮介の顔が綻（ほころ）んできた。

彼は何も言わず聡美の手を取り、細い手首に唇を押しつけてくる。最初は首を捻ったが、よく考えると、そこは佐々川に掴まれたところだった。

だが、亮介が入ってきたときには、佐々川は彼女の手を離していたはずだ。それにもかかわらず、どうして手首を掴まれたことを知っているのだろう。

聡美がそのことを尋ねると、

「怯（おび）えたような顔で、手首をさすっていたから。もっと早く飛び込んで、叩（たた）き出してやればよかった。専務の件も、変な話を聞かせて……本当にごめん」

ふいに佐々川に言われたことが脳裏をよぎり、そんなことあるはずない、と思いつつ、つい尋ねてしまう。

「野田専務が、何かたくらんでるなんて……亮介さんは関係ない、でしょう?」

すると、亮介は慎重な声で答えた。

「専務に何か計画があって、そのために僕がこの会社に入ったわけじゃない」

聡美はホッとするが、他にも気になることを思い出した。

「あ……ごめんなさい! わたし、あなたと結婚を前提に付き合ってるって言っちゃったんです。亮介さんや専務にご迷惑をおかけしたら、どうしよう」

以前、亮介が聡美との関係を野田に報告したとき、

『祖母には、現在の状況が落ちついたら、自分のほうから報告したいと思っています。ですから、しばらくは黙っておいてもらえますか?』

最初は、野田が懇意にしている亮介の祖母への口止めだと思っていた。しかし、数日経っても社内で噂になる様子もなく……。

あの言葉は、周囲に黙っていてほしい、という意味だったとあとからわかった。

だが今回、あきらかに亮介を蔑視している佐々川に、聡美は話してしまったのだ。

(わたし、亮介さんの足を引っ張ったんじゃ? もし会社をクビになったりしたら……それってわたしのせい、よね?)

それは、こうして一緒に働けなくなることを意味している。

泣きそうになる聡美だったが、亮介はいつもと変わらない笑顔を見せた。

「いや、困ったことにはならないよ。本当に大丈夫。僕も、聞かれたらはっきり答えるつもりでいるから」

同じ職場にいて、付箋でデートの約束をする。

たったそれだけのことが、聡美にとっては極上の幸せだった。

佐々川の言ったことはすべてデタラメだと——このとき、聡美はそう信じていた。

第五章　愛は嘘をつかない

「おじいちゃん、身体の調子はどう？　わたしのこと、わかる？　聡美よ、おじいちゃん？」

九月に入って最初の日曜日、聡美は亮介と一緒に、神奈川県にある介護療養型の医療施設を訪れていた。

そこは都心から電車とバスで約二時間。都会の喧騒(けんそう)を離れ、長閑(のどか)な田園風景と緑の木々に囲まれた場所だ。

祖父、慎太郎(しんたろう)がここで暮らすようになったのは、聡美が就職した直後のこと。

それまでは誰かが傍にいて自宅で祖父の世話をしていたが、祖父が亡くなった祖母を探して徘徊(はいかい)するようになった。心臓が悪かったこともあり、家族で話し合って最高のケアが受けられる施設を探し、この施設に決めたのだった。

現在、東京近郊に住んでいるのは聡美だけなので、彼女が毎月お見舞いに来ている。

先月もひとりでやって来たのだが……。

今回は週末にもかかわらず、亮介のほうから同行したいと言ってくれたのだった。

『病気のせいで、反応が予測できないの。何かの拍子で怒り出さないとも限らないから』

『じゃあ、おじいさんの反応を見て決めよう。ちゃんとわかってくれそうなら、聡美さんと結婚したいって言うことにする』

ふたりで相談しつつ、身構えながら祖父と対面したのだった。

病室は広めの個室、大きな窓にはベランダもある。自然に囲まれているせいか、都心に比べて吹き込んでくる風が心地よい。

祖父は車椅子に座り、大きな窓から外を眺めていた。

「あの、おじいちゃん？　孫の聡美だけど……」

「おうおう、聡美ちゃんか。よく来てくれたな。ちょっと見ないうちに大きくなって」

祖父はにこにこしながら、聡美の名前を呼んでくれた。聡美だとわかってくれたのは久しぶりなので、それだけで嬉しかった。

「あのね、こちらは山本亮介さん。えっと……わたしの旦那様になる人なの。おじいちゃん、わかるかな？」

満面の笑みを浮かべたまま祖父はうなずいているが、聡美は少し不安になってくる。

今日の亮介は、仕事のときより上等なスーツを着ていた。だが、レストランで見かけたような華やかなものとは違う。落ちつきのあるベーシックな色とデザインで、三十一歳の彼を年齢以上に見せていた。

それまで聡美の後ろに控えていた亮介だったが、彼女に名前を紹介されて——車椅子の祖父の前までやって来て、サッと身を屈めた。

「はじめまして。聡美さんと同じ会社で働いている、山本亮介と言います。聡美さんと結婚したいと思っていて、おじいさんにご挨拶に来ました」

ただそれだけの言葉に、聡美の胸はじんと熱くなる。

「あのね、亮介さんはとってても優しくていい人なの。おじいちゃんに会うために、ここまで車を運転して来てくれたのよ。それにね……」

祖父が聡美の話をちゃんと理解してくれたかどうか、その辺りはよくわからない。だが、ずっと笑顔で聞いてくれたのだった。

車は黒のSUV。七人乗りでけっこう新しい。施設の住所を聞き、車のほうが早く着くからと言って、亮介が借りてきてくれたものだった。

助手席に乗り込もうとして左ハンドルに気づき、ようやく、その車が国産車でないことにも気づいた。

聡美も大学時代に自動車免許を取得したが、身分証明以外に使うこともない。

身近で自家用車を所有している人もいないので、車のことは全くわからず……東京で暮らしていたら、そんな人間は少なくないだろう。

「遠くまで、本当にありがとうございました。おじいちゃん、わたしのこと『聡美ちゃん』って呼んでくれたの、本当に久しぶりなんですよ。嬉しかった」

「僕も、おじいさんに怒られるんじゃないかって思ってたから、ホッとしたよ」

祖父を見舞った帰路、亮介はハンドルを握りながら胸を撫で下ろすように言う。

今の彼はスーツの上着を脱ぎ、ワイシャツの袖を捲り上げていた。それだけのことに男らしさを感じ、ドキドキしながら聡美は返事をした。

「はい。わたしも、ホッとしました」

最近の祖父は、聡美が孫娘であることを忘れているときのほうが多い。

そういうときは決まって祖母と間違えているので、ひょっとしたら『サトさんに手を出しやがって』と怒り始めたらどうしよう、と話していたのだ。

「温泉療養もあって、介護は二十四時間体制だし、いい施設だね。おじいさんも幸せそうだった。でも――家族の負担は大丈夫？」

「そっちは、なんとか。おじいちゃんには充分なケアを受けてほしかったから……」

月々の費用は祖父の年金にいくらか足せば賄える（まかな）が、入所時にはまとまった費用が必要だった。

だが、祖父にとって財産と呼べるのは、数十坪の土地と祖父自身が家族のために建てた築三十五年の家屋のみ。

「家は売りたくなかったんです。せめて、おじいちゃんの生きているうちは、手放さないよう頑張ろうって。その代わり、母が三十年勤めた会社の早期退職者に応募して……その退職金を全額入所費用に充てて、母は単身赴任していた父のもとに行きました」

　仕事が生きがいの母だったが、

『我がままな嫁だったのに、文句ひとつ言わず応援してくれたんだもの。おばあちゃんには何も返せなかったから、せめておじいちゃんには、ね』

五年ほど前から、遠い北海道の地で人生初の専業主婦にチャレンジしている。

たしかに、祖父母とも母の悪口は一切言わなかった。

学校関連の行事は不参加ばかり、家にいることも少ない、という母だったが……。聡美たちが、そんな両親に向かって不満をぶつけたこともなかったように思う。

「うちの母って全然料理のできない人なんですよ。掃除も苦手で、でも洗濯は好きだったのか、夜中でも洗濯機を回してましたね。今思えば、うるさくて迷惑してました」

　聡美が笑いながら話すと、亮介は前を向いたまま、大きく息を吐いたのだった。

「いいなぁ。僕にはなんの思い出もないからね」

「あの……亮介さんのご両親って……？」

　思いきって尋ねてみる。

すると亮介は少しだけ躊躇う仕草を見せたあと、ゆっくりと口を開いた。

「ふたりとも、僕が二歳になる前に」

「事故、ですか？」

聡美の言葉を聞くなり、亮介はびっくりしたように目を見開いた。

「いや、あぁ、なるほど。そうじゃないんだ。両親とも生きてるよ、たぶん」

その返事に驚くのは聡美のほうだった。

てっきり、亡くなったものだとばかり思っていた。だが、生きているなら、どうして両親揃って亮介を祖母のもとに預けたままにしたのだろう。

（あ、待って……亮介さん、今『たぶん』って言ったような？）

だが、両親の生存すら知らないなど、そんなことがあるのだろうか？

「幸せな家庭に育った君には、親が生きているのかどうかもわからない、なんて、驚いただろう？　前に話したけど、うちの祖母はひとり娘に入り婿を押しつけて、失敗したんだ――」

愛のない結婚でも、幸せな家庭を築くカップルは当然いる。少なくとも、相手はともかく、生まれた子供のことは可愛がるものだと思っていた。

だが、亮介の両親は例外だった。

ふたりはとことん相性が悪く、亮介が生まれる前に夫婦仲は破綻していた。

そして、坊主憎けりゃ袈裟（けさ）まで憎い――の心境だったらしく、相手の血を引く亮介を、ふたりとも毛嫌いしたという。

「まず、離婚届を置いて父が家を出たのが、僕の一歳の誕生日だった。めったにないプレゼントだろう？　それでもお金のことで揉めて、離婚が成立したのが半年後。その半年後かな、二歳の誕生日を前に、再婚が可能になった母も、僕を捨てて出て行ったんだ」

彼は映画のストーリーでも説明するようにさらっと話す。だが、その内容はあまりにも悲しく、聡美は涙が込み上げてきた。

「あの……捜して、わたしたちの結婚式に来ていただく、というのは？」

どれほど憎み合っていたとしても、離婚からすでに三十年だ。いい加減、水に流して仲よくすることも可能なのではないか、と。

だが、亮介は首を左右に振る。

「いや、もういい。子供のころは恋しかったけど、今の僕には君がいる。聡美ちゃんにとって、僕だけじゃ不満かな？」

「不満なんて、そんなこと……」

そこまで言って、聡美はハッとした。

両親の気持ちより、まずは亮介の気持ちを優先すべきだったのではないか。自分はなんて無神経なことを言ってしまったのだろう、と。

聡美が何も言えなくなると、ふいに亮介が明るい声を上げたのだ。

「次はご両親だな。でも、本当に北海道まで行かなくていいの？」

「あ、はい。大丈夫です。来年春に父が定年退職するので、年末には東京に戻って来ますから、そのときで」

あと二、三ヵ月なら、わざわざ北海道まで行くことはないだろう。

「わたしのほうこそ、おばあ様にご挨拶に行かないと」

「それは、今月中に段取りができると思うから。ああ、でも、不測の事態になったら、北海道まで行かなきゃな」

ふいに話をはぐらかされた気がしたが……。

「不測の事態？」

聡美もつい、そちらのほうに意識が向いてしまう。

そのとき、彼の運転する車が林の中に停まった。窓の外に目を向けると、木々の間から、たった今訪れてきた施設の建物が見える。それ以外には、民家らしきものは何もない。

「どうしたんですか？　こんなところに車を……きゃっ！」

振り返ると、亮介が助手席側に身を乗り出してきていた。

「一応気をつけてはいるけど……先に子供を授かったときは、ご両親が戻ってくるまで呑気に待ってるわけにはいかない、だろ？」

「そ、それは、今のところ……大丈夫かなぁと」

聡美は頭の中で予定日を計算しながら答える。

そのとき、あることに気がついた。

「あの……この林って、来るとき通りませんでしたよね？」

「そうだよ。実は、来るときにこの林がよさそうだなぁと思いながら見てたんだ」

「は？」

亮介は実に楽しそうだが、聡美はなんのことか思い出せない。

「ふたりでラブホテルに行ったとき、次にやってみたいことを聞いたら——なんて言ったか覚えてる？」

「え？　次は……」

亮介は天井に鏡のある部屋を選んでくれて、そこで聡美が想像していた以上のことを、たくさん経験させてくれた。

ふたりで大きな円形ベッドに転がっていたとき、亮介が尋ねたのだ。

『さて、次の憧れは何かな？　聡美ちゃんの願いなら、なんでも叶えてあげるよ』

『なんでも、ですか？』

『ヘリで遊覧飛行でもしようか？　船を貸し切ってディナークルーズとかはどう？』

たしかにそれは、多くの女性にとって憧れのデートコースだろう。聡美にとっても夢の世界だが、あまりにも現実離れしていて憧れたこともなかった。

　聡美の憧れはもっとリアルな位置まで下がってくれなくては……。

『ドライブデートかな？　彼の運転する車の助手席に乗せてもらって、デートしたいなぁ』

　なんてことを答えた気がする。

「あっ！　だから、今日のお見舞い、わざわざ車を借りてきてくれたんですか？」

　たった今思い出したように答えたら、亮介は呆れたように天を仰いだ。

「切ないなぁ。僕は君を喜ばせることしか考えてないのに、自分が言ったことも忘れてるなんて。あーあんまりだ」

「ご、ごめんなさい」

「じゃあ、ドライブデートのとき、何がしたいって答えたか、覚えてる？」

　亮介に質問され、聡美はしだいに頬が熱くなってくる。

（えーっと、わたしってば……誰も来ないところに車を停めて、エッチなことしてみたいなぁ、なんて言わなかったっけ？）

　施設を出てからここまで、一台の車ともすれ違っていない。

　高速道路の入り口や最寄り駅、ホテルや商業施設等々、とにかく幹線道路から離れて行く方向なので、ここはまさしく『誰も来ないところ』だった。

「その顔は、思い出してくれたみたいだね」

　亮介はにっこりと笑う。

「でも、こっ、この車、借り物なんですよね？　だったら、そんなことは……」

「祖母から借りたものだから、心配はいらないよ」

その返事を聞いたとき、聡美は『ノー』と言えなくなったのだった。


大人が七人乗っても快適に過ごせます——という車だけあって、席を後ろにずらし、シートを倒せば余裕のサイズだ。

助手席の聡美の上に覆いかぶさり、ふたりは長いキスを交わした。

唇が離れたとき、銀糸がふたりの間を繋いだままだった。名残を惜しむように、彼の唇が聡美の顎（あご）から首筋をたどる。

「エッチなことって、どこまでしようか？」

聡美の首筋に顔を埋めながら、低く掠れる声でささやく。

亮介にいろいろなことを教わり、聡美の躰はすっかり慣らされてしまった。キスだけでもうスタンバイしてしまっている。

（どこまで、なんて……わかってるくせに）

聡美は震える声で、

「ここじゃ、最後まで、できませんよね？」

そんな質問で返すのが精いっぱいだ。

ラブホテルでいいから連れて行ってほしい。そう付け足したほうがいいだろうか、と思ったときだった。

「最後までって、何をしたらいいのかな？　もっとはっきり言ってくれないと、僕にはわからないよ」

半袖ブラウスのボタンをひとつずつ外しながら、聡美の羞恥心を煽るように言う。

車の中とはいえ、時間は正午過ぎ——真っ昼間だ。ブラウスの前をしどけなく開かされ、バッククロスになった白いブラジャーが露わになった。

彼は谷間にチュッチュッとキスしながら、ブラジャーのフロントホックをプチンと外す。

「脱がしちゃダメ、です。外から、覗かれたら……」

「ここを通るのは施設に行く車だろう？　でも、僕たちが施設を訪れた数時間前から、こっちに向かう車も、こっちから来る車もなかった」

彼はいつからチェックしていたのだろう？

尋ねようとしたが、胸の先端を舐められた瞬間、それどころではなくなった。

「あっ……あ、あぁ、やぁん」

甘えるような声が口からこぼれる。

舌先でころころと転がしつつ、彼は執拗にねぶり続けた。

聡美が唇を噛みしめ、声を我慢していると、彼の手がフレアスカートの裾から滑り込んできた。

休日なのでストッキングは穿いておらず、聡美は生足だった。大きな手が柔らかな太ももを優しく揉むように撫でていく。

「脚、開いてごらん」

「こんなところで……無理で、す」

そう答えるなり、彼の指先が薄い布越し、チョンと淫芽を突いてきたのだ。

「きゃんっ！」

口から仔犬のような鳴き声が出てしまい、思わず口元を押さえる。

「できるさ。聡美ちゃんはいい子だから、悪い子の真似がしてみたいんだろう？　僕と一緒にカーセックスを試してみよう」

「そ、そんなこと……そういうつもりじゃ」

否定を口にしつつ、本当は、彼の言うとおりなのかもしれない。

地味で目立たない自分に安心する反面、そうではないことに憧れを感じていた。悪いこと、やってはいけないと言われることに、心が惹かれて……。

「そういうつもりじゃない？　もちろん、無理強いはしないよ。君が嫌なら、ここでやめてもいい」

引っ掻くように敏感な部分に触れていた指を、彼はスッと引く。

聡美は腰をもぞもぞと動かした。彼の指先が触れることにより、脚の間に生まれた熱が、少しずつ快感を押し上げていく。

（やだ、もう……身体がエッチになっちゃったみたい）

我慢できず、亮介の腕を掴んでいた。

「ホントは……い、嫌じゃな、い。でも、どうしたら、いいのか」

必死でそんな言葉を口にする。

すると、亮介は彼女の頬や耳たぶにキスしながら、

「ああ、ダメだ、君が愛しくて堪らない。人なんて、どうせひとりで生まれてきて、ひとりで死んでいくものだから……生きることは孤独に耐えることだと思ってきたんだ。それなのに、僕はもう、ひとりで生きられそうにない」

喘ぐように情熱的な愛をささやく。

そんな亮介のことが、好きで好きでどうしようもないのは、聡美も同じだった。ひとりで味わってきたささやかな幸せ、それだけで満足していたのに――。

（ひとりなんて、もう、やだ。亮介さんが一緒じゃなきゃ、大好きなチョコもアイスも美味しくないし、幸せなんて感じられない）

「わたしも……全部、あなたと一緒がいい」

「じゃあ、一緒に気持ちよくなろう。僕のも――ファスナーを下げて、取り出してくれる?」

手を伸ばして優しく触れると、そこはもう充分に漲(みなぎ)っていた。

そのままファスナーを動かすと引っかけてしまいそうで、そっと片方の手で押さえ、ゆっくりと引き下げていった。

聡美の仕草に、亮介の口から切なげな吐息が漏れる。

「ずいぶん、慣れたね。そんなに優しくされたら、君の手の中で爆発しそうだ」

「いいですよ。それとも……ギュッと握りましょうか?」

最初に手にしたとき、強く握りしめてしまったことを思い出しながら、聡美は冗談めかして言う。

すると、亮介も艶めいた笑みを浮かべた。

「よぉし、そんなことを言う子は、こうだ!」

「え? あっ……きゃっ」

脚の間から引き抜きかけた指を、彼はふたたび奥へと進めた。そして、ショーツをずらすなり、花芯を二本の指先で抓んだ。

「あっ、はぁうっ!」

キュッキュッとこすられ、ほんの数回繰り返されただけで、聡美は達してしまった。

下肢が戦慄き、快感に蜜が溢れてくる。

「僕の上に乗ってみる？　そのほうが、スカートを捲って脚を広げるよりマシかな？」

体位を想像して……聡美は彼の提案にうなずいていた。

亮介が運転席を一番後ろまで下げ、そこに座った彼の上に跨った。スカートの裾をほんの少し持ち上げ、ゆっくりと腰を下ろしていく。

つんと灼熱の先端が彼女の秘所に当たり、聡美は腰を前後に揺らすようにして、さらに腰を落としていった。

「あっ……くっ……ぁふ」

太ももから力が抜けて一気に奥まで受け入れたとき、ジュプッとひと際大きな蜜音が車内に響いた。

離れていた躰がひとつに繋がれ、聡美の膣内が彼でいっぱいになる。

それはほんの数ヵ月前まで知らなかった感覚なのに、今はもう、知らずにいたときのことが思い出せない。

満ち足りた思いで亮介に力いっぱい抱きついた。

「好き……亮介さん、愛して、る」

「ああ、僕もだ。何もかも、どうでもよくなるくらい、君を愛してる」

彼はそう答えた直後、情熱に溺れるような勢いで聡美の躰を突き上げ始めた。

車体がギシギシと軋む音がしている。きっと外から見れば、車内で何をしているか丸わかりだろう。

それでもかまわない。周囲からなんと思われても、亮介に愛してもらえるなら、他には何もいらない。

初めての両思いが、聡美の胸に燃えるような恋情を教え、その躰を女に変えた。

「聡美……聡美……」

熱い迸り（ほとばし）りを胎内に感じ、次の瞬間、聡美も彼のあとを追うようにして、快楽の海に飛び込んだ。

☆　☆　☆

聡美のマンションに帰りつき、四階まで階段を上がっていく。

「亮介さん、今日は家に帰らなくていいの？　この週末、ずっと一緒だったでしょう？　おばあ様の代わりはしなくていいの？」

「大丈夫、大丈夫」

気楽に言うが、明日は仕事なのに会社用のスーツはどうするつもりだろう。

　聡美の部屋に泊まることが増え、彼のものが少しずつ増えていっている。下着や靴下、Tシャツや部屋着などはもちろん、歯ブラシやコップ類、それにこれまで聡美の部屋にはなかった男性用の整髪料やシェーバーまで。

（今、北海道からお母さんが帰って来て、うちに泊まるとか言い出したら……うーん、どうしよう。怒るかな、やっぱり）

　多少の心配はあるものの、家の中に亮介の小物が増えていくのはなんだか嬉しい。彼がいないときでも、目につくだけで安心できる。

　四階まで上りきり、聡美のほうが先に角を曲がったとき――。

「聡美、ずっと待ってたのよ……私、賢二と別れる！　結婚やめるんだからっ！　絶対に止めないでよ‼」

　顔を見るなり、ポロポロと泣きながら抱きついてきたのは、二週間後に結婚式を控えた親友、二條香子だった。


　アルコールを出すべきかどうか、少し悩んだあと――聡美は香子の前に、冷たい麦茶を置いた。

「じゃあ、去年浮気したっていう部下の女の子と、まだ切れてなかったの？」

「そうよ。しかも、引っ越した新居にまでやって来て……お腹の子供の責任だけは取ってもらう、そうぶちまけて帰って行ったわよ」

「子供ぉ⁉　って、まさか、小宮山さんの？」

さすがにとんでもない話になっていて、聡美は開いた口が塞がらない。

「たぶんね」

香子は珍しくノーメイクだった。というより、泣いたせいで化粧が落ちてしまったのだ。そんな無防備な彼女を見ることはめったにないので、さすがに心配になる。

彼女は地方とはいえ名家のお嬢様で、どんなときも毅然（きぜん）としていた。学生時代、三人の中で一番成績がよく、クラス委員や生徒会など、〝長〟のつく役に就くことも多かった。

とはいえ、ガチガチの優等生というわけではない。高校時代からまとまった休みにはパーマをかけたり、化粧をしたり、男女交際も積極的だったように思う。

自然に人の注目を浴びるタイプで、その点、聡美とは真逆だ。

ただ、香子はしっかりしているように見えて、土俵際に弱い。頼りなさそうに見える聡美のほうが、追い込まれたときは強くなる。

そのせいか、何かあると聡美が聞き役となってきた。

聡美に飛びつく香子を見て、亮介もそんな関係を察したらしい。

『それじゃあ、今日はお疲れ様でした。また明日、会社で……』

事情を尋ねることも、嫌そうな顔をすることもなく、亮介のほうからサッと引き揚げてくれたのだ。

しかも、彼が口にしたのは、聡美が香子に対してどんな言い訳も可能な言葉だった。

(亮介さんって、ただ者じゃない気がする)

聡美も麦茶の入ったグラスに口をつけつつ、ほんの少し、亮介のことに心を囚われ——。

「それで——超真面目な聡美ちゃんが、いつの間に男と半同棲とかするようになっちゃったわけ?」

「は、半同棲なんて……し、してない、つもり……だけど」

ふいをつかれ、思いきり動揺してしまう。

すると香子は無言のまま、窓際にかかった洗濯物を指さした。

そこには聡美のものに混じって、亮介の下着も干してある。一緒に朝を迎えることが多くなり、当たり前のように洗濯もするようになっていた。

(ああっ、忘れてた! だって、中学生のころから、男物だって気にせず洗濯してきたんだもの)

「この家の洗面台で、アフターシェーブローションを見ることになるなんて……すっごくショックだった。使ってるのはさっきの人でしょう? でも、悠里から聞いてた話と、全然違う」

「え? 聞いてたって……悠里さんに何を聞いたの?」

「最近、聡美の付き合いが悪いって。きっと前に話してた、甲斐性のない男に引っかかったんだろう、なんて言ってた。でも、あの人が着てたスーツ、ナポリ仕立てのオーダーメイドだったわ。それをあんなふうに着こなすなんて」

婚約者のことで大泣きしていたはずなのに、しっかり亮介のスーツをチェックしているところがすごい。とても聡美には真似できないと思う。

しかも、亮介の話になったとたん、香子の瞳が仕事モードで輝き始めた気がしないでもない。

（ひょっとして、亮介さんのこと値踏みしてる？）

泣きやんでくれたのは嬉しいが、亮介の素性をいろいろ詮索されるのは、あまり気持ちがいいものではない。

「えーっとね。悠里さんに話したのは本当のことなんだけど、でも、あれから、いろいろあって……」

亮介とは近々婚約する予定で、遅くとも来春には結婚するかも――と話しかけてやめた。

本来、幸せ真っ只中であるはずの香子だが、婚約者の小宮山に、昨年に引き続いて浮気疑惑が浮上してしまったという。さらには、浮気相手を妊娠させたかもしれない、なんてことが事実なら、このまま無事ゴールインとはいかないだろう。

ここで婚約や結婚といった単語は、ＮＧワードのような気がする。

「うん、まあ、お付き合いしてます。あ、ほら、香子さん、結婚式の準備で忙しかったでしょう？　悠里さんも忙しいのか、ほとんど連絡してこないの。ふたりには、香子さんの結婚式で報告しようと思ってたから」

　あまり浮かれ過ぎないように、それでいて、深刻にならないような言葉を選んだつもりだったが……。

「聡美、なんか幸せそう」

「やだ、そんなこと……結婚間近の香子さんのほうが……」

「うん、破談も間近だけど」

「か、香子さぁん」

　これはもう、麦茶ではどうしようもないかもしれない。

　聡美は立ち上がり、香子が大好きなワインを出してきた。

「これ、亮介さんオススメのワインなの。フランス国内を回ってたとき、葡萄畑でワイン造りにかかわったらしくて、けっこう詳しいのよ。ほらほら、白ワイン、香子さん好きでしょ？」

　テーブルにいつものグラスを置き、ワインを注いでいく。

　すると、

「亮介さん！　ああ、聡美の口からとうとう男の名前が……」

　テーブルに突っ伏しながら大げさに言う。

「何言ってるのよ！　大学のときだって、彼氏いたじゃない？　えっと、たしか……森村さんだったかな?」

「ああ、いたわね、そういう人。でも、エッチしてないんだからノーカウントよ。そうかそうか、とうとう経験しちゃったんだ。大事なバージン、亮介さんに捧げちゃったんだね」

「別に、バージンを大事にしてたわけじゃ……」

聡美が捧げようとした相手は、誰も彼も『面倒くさい』『楽しめない』と言って突き返してきたのだ。その思いを受け止めてくれたのは、亮介だけだった。

香子に言われ、亮介とのことを思い出して耳まで熱くなっていく。

すると、香子がジッと聡美の顔をみつめていた。

「よかったね、聡美。甲斐性なしでもいいじゃない。恋なんて、思いどおりにいかなくて当たり前なんだから。聡美が幸せだって思えたら、それが一番よ」

「……香子さん」

「うん、うん。ろくでもない男だとわかってても、惹かれちゃうのが恋なのよ」

すでに聡美のこと、というより、自分のことを言っているらしい。聡美は一応、うなずきながら……。

（それはわかるけど、でも、亮介さんはろくでもない男じゃないから）

そう心の中で付け足した。

☆　☆　☆

久しぶりに香子と一緒に飲んだ翌朝――。

『一度別れたのに、それでも再会して結婚することになったのは、運命的な繋がりがあるんだと思う。ちゃんと話し合ってから決めてね。何も聞かずに香子さんのほうから、やめるって言ったらダメよ。そんなことしたら、どんなに強い運命の糸だって切れちゃうんだからね！』

プライドの高い香子は、『恋なんて、思いどおりにいかなくて当たり前』と言いつつ、本当に思いどおりにいかなくなると、自分から手を離してしまうのだ。

聡美はこれまで話を聞くことしかできなかった。でも今回は、ほんの少しだけれど自分の気持ちを言葉にして伝えることができて、ホッとする。

香子は『男ができたとたん、言うようになっちゃって』なんて笑いながら、ふたりは駅前で別れたのだった。

夜、酔い潰れて眠った香子の横で、亮介の携帯にコソッとメールを送った。

一緒に過ごせなかったこと、気を遣わせてしまったこと、ふたりで飲もうと言っていたワインを飲んでしまったことに『ごめんなさい』を言い、祖父の見舞いに同行してくれたことにあらためてお礼を伝えた。

　さすがに夜中だったから返事は来なかったけれど……。

　会社で顔を合わせたら、香子のことを話してみよう。男性の視点で見たら、小宮山のことも別の打開策を考えてくれるかもしれない。

（香子さんたちの件が無事に解決して、ゴールインしたら……悠里さんも誘って、これからはカップルで遊べるよね？）

　これまで聡美にちゃんとした恋人がいなかったこともあり、カップルで遊びに行くということはなかった。ふたりにはけっこう気を遣わせてしまったと思う。

　でもこれからは……。

（結婚したらホームパーティとかしてもいいし、それぞれに子供ができても……ずっと友だちとしてやっていけそう）

　小さな心配ごとはあるものの、概ね幸せな気持ちで会社に足を踏み入れる。そんな彼女を待っていたのは、信じられない事態だった。

　いつもどおり、最初に向かうのは女子更衣室だ。

　だが今日は、中に入るなり同じ総務課の同僚に声をかけられた。

「ねえねえ、七原さん、聞いた？」

「うちってどうなるんだろう？　結婚しても働ける会社って聞いて、ここに決めたのに、なんかショック」

いきなりなんの話か、さっぱりわからない。

聡美は首を捻るばかりだが、彼女たちも混乱しているらしく、きょとんとしている聡美の表情に気づかないようだ。

しかも、様子がおかしいのは総務課の顔ぶれだけでなかった。女子更衣室にいる全員が妙に浮足立っている。

「いったい、何があったんですか？」

「ああ、まだ聞いてなかったんだ。なんかね、うちの会社が買収されそうなんだって」

思いがけない返事に聡美は息を呑んだ。

彼女たちが出社したときには、すでに課長以上の顔ぶれが揃っていたという。彼らはすぐに最上階に上がってしまい、今は噂だけがひとり歩きしている状況らしい。

「それって、山和グループ内で統廃合が進められているっていう話とは違うんですか？」

いつだったか、会議室の準備をしているとき、亮介から聞いた話を口にしてみた。

「え？　そうだったの？」

逆に質問され、聡美は返事に詰まる。

「でも、グループ内でのことなら、上の連中が青くなって集まったりしないんじゃない？　長浜課長の顔色も変わってたわよ」

　言われてみれば、そうかもしれない。

　統廃合の件も正確な情報ではなく、亮介が男子更衣室で聞いた噂話だったはずだ。それに、あの一件が進展しても、買収という話にはならないだろう。

（亮介さんなら、何か知ってるかも……）

　なぜか、そう思った。

　同じ総務課の、それも彼は三月に入社したばかりの新人だ。それなのに、どうしてそんなふうに思ったのか。——理由を考え、専務の野田の存在に思い当たる。

　聡美が黙り込んだこともあり、彼女たちの話し相手は、あとから出社してきた女性社員へと移った。

「ねえねえ、知ってる？　もう聞いた？」

　誰か入ってくるたび、同じ話題が目の前で繰り返される。

　しばらくの間、そんな光景を聡美はボーッと見ていた。だがハッとして、急いで制服に着替える。

　少しでも早く亮介に会いたい。彼はもう出社しているだろうか。このまま男子更衣室に飛び込みたい気分だが、さすがにそれはできない。

一分一秒でも早く着替えて、総務課で亮介の出社を待つことにしよう。

胸の奥がざわざわして、どうも居心地が悪かった。気になり始めたら、嫌なことまで思い出してしまう。

『野田専務が起死回生の一発を狙って、何かたくらんでるって話。それも、妙な男をコネ入社させてさ』

佐々川がそんなことを言っていたのは、先週のことだった。

だが、あの男の言うことなど信用できない。

それに、亮介は聡美の質問にもちゃんと答えてくれた。

『専務に何か計画があって、そのために僕がこの会社に入ったわけじゃない』と。

亮介が聡美を騙したりするわけがない。何か言えないことがあったとしても、それには言えないだけの事情があるからだ。

何度も繰り返して自分を納得させようとするが……。

今思えば、亮介の心が本当にここにあるのかどうか、不安に駆られるときがあった。そのことを考えれば考えるほど、聡美の不安は大きくなっていく。

(そんなこと、あるはずないよね？　この騒動に、亮介さんが関係してる、なんて)

亮介を信じたい。

そう思い続ける聡美の心を逆撫でするように、始業時間を過ぎても亮介は出社してこなかった。

『ただいま電話に出ることができません……』

何度かけても、亮介の電話からはそんな音声しか返ってこなかった。

（どうして？　これって、着信拒否じゃないよね？）

今日ばかりはまるで仕事にならない。それは聡美ひとりのことではなく、会社全体が同じだった。

朝礼はなかったものの、『業務は通常どおり行うように』というアナウンスが流れた。

しかし、何が起きているのか、自分たちはいったいどうなるのか、何も知らされないまま『通常どおり』になどできるはずがない。

みんな、あちこちで顔を突き合わせては、それぞれに噂話を続けていた。

当然、聡美にも声をかけてくる。

「山本さん、来てないんだ。あの人、何気に遅刻や欠勤が多いよね？　野田専務のコネだからかなぁ。七原さん、何か聞いてない？」

聞かれても何も答えることができず、聡美は愕然（がくぜん）とした。

考えてみれば、聡美は亮介の家族はおろか、友人のひとりも紹介してもらっていない。野田には話してくれたが、あのとき亮介は、祖母に口止めをしていた。祖母の具合が悪いので状況を見て会わせたいと言われたら……。

亮介を愛する聡美に、彼の言葉を疑う余地などあるはずもなく。

実家の住所や電話番号も知らず、こうして携帯電話が音信不通になれば、聡美からは連絡も取れない。

亮介の気持ちひとつで、二度と会えないまま終わってしまう関係――。

これでは、他の女性社員となんら変わらない。

ふたりでいることが楽しくて、楽し過ぎて、それ以外のことはすべて後回しにしてきたツケが回ってきたのだろうか。

もう一度、電話をかけてみようか、と思ったとき、聡美の電話が着信を告げた。

「はい！　亮介さん⁉」

画面も見ずに出たため、そんな言葉を口走ってしまう。

だが、電話の向こうから聞こえてきたのは、

『亮介さんじゃなくて悪いんだけど……ちょっと話しておきたいことがあって』

今朝、駅で別れた香子の声だった。

ふたりの電話番号はもちろん登録してある。着信画面を見ればわかったはずなのに、慌てて電話に飛びついたことがバレバレだった。

「ご、ごめん。ちょっと、会社でドタバタしてて……えっと、昨夜のことだったら、帰ってからじゃダメかな?」

今日の出勤時間は聡美より少し遅いと言っていた。だが十一時近くになれば、彼女ももう勤務中だろう。

仕事柄、勤務中に私物のスマートフォンを使うことなど許されないはずの香子が、わざわざ電話をしてきたのだ。よほどのことだと気づきそうなものだが……。

今日ばかりは、それどころではなかった。

『その亮介さん、山本って言うんだよね?』

意外な返答に聡美は一瞬、思考が停止する。

そう言えば――今朝、駅で別れ際に香子から亮介の苗字を尋ねられ、『山本』と答えたとき、彼女は怪訝(けげん)そうな顔をした。

すぐに『思いきり平凡な名前ね』と笑い返してきたが……。

「そうだけど、どうかした?」

『怒らずに聞いてね。――去年の終わりから今年の春まで、うちのスイートをリザーブしてくださったお客様がいたの。その方の名前が〝山本亮介〟様』

「は……?」

いったいなんの話をし始めたのか、聡美は首を傾(かし)げた。

だが、頭の中を整理しつつ聞いてみると――。

昨年末、ひとりの男性が香子の勤めるホテルのスイートルームの一室を一ヵ月単位で契約した。

長身で脚が長く、容姿端麗でクールな雰囲気を全面に醸し出しており、見た目はエリートビジネスマン風、自ら会社を経営している起業家にも思えたという。

だが、仕事の時間はわりとルーズで、秘書や部下らしき人間の出入りもない。となれば自由業、あるいは稼がなくても遊んで暮らせるどこかの御曹司ではないだろうか、とホテル内も噂で持ちきりだった。

普通、ただ泊まるだけでそれほどの噂にはならない。

その男性の場合は、身元が謎に包まれている上、そう頻繁ではないが、同衾する女性がそのたびに違っていたことも大きな理由だった。

『次々に口説いて女を変えるタイプもいないわけじゃないし、最近じゃ、ラグジュアリーホテルのラブホ化っていうのもよく聞くしね。でも、その方が連れ込むのは、いわゆるプロの女性に間違いないだろうって……』

とくん、とくんと心臓の鼓動がしだいに大きくなっていく。

俄には信じがたい話だ。とてもではないが、亮介と同一人物とは思えない。

「まさか、そんな……だって、香子さん、昨夜はそんなこと……」

『私自身が接客したわけじゃなかったから』

「じゃあ、別人かも。よくある名前だし……きっと」

『ナポリ仕立てのオーダーメイドスーツ』

香子の言葉に息が止まる。

「それが……何か……」

『軽く百万は超える代物よ。そうそう着ている人はいない。だから、気になってお客様の名前を調べたの』

聡美は声が出せなくなった。

『聡美の幸せにケチをつける気はないのよ。彼を信じるって言うなら、私の言葉なんか気にしなくていい。何があっても、聡美には変わらずにいてほしいから』

「うん……亮介さんに、聞いてみる。きっと、香子さんの思い過ごしだよ」

しだいに小さくなる声で、聡美は答えていた。


亮介に確認を取りたくても、相変わらず電話は繋がらない。

残る手段はひとつしかない。最上階まで行き、専務の野田に尋ねてみるしかなかった。

「お願いします！　野田専務に取り次いでくださるだけでいいんです。総務課の七原聡美と言っていただけたら……」

エレベーターの扉が開くなり、そこには見慣れた秘書室の面々が並んでいた。

いつもと違う社内の雰囲気に、彼女たちの表情もピリピリしている。そんな彼女たちの視線を一身に受け、ヘビに睨まれたカエルのように、聡美は回れ右をしたくなった。

だが、亮介の現状を知るためのツテは、今となれば野田しかいない。

覚悟を決めて訴えたのだが……。

「会議中ですので、取り次ぐことはできません」

取り付く島もない返答だった。

だが、ここで引き下がったところで、他にできることは何もない。野田は、亮介と聡美の関係を知っている、数少ない人物なのだ。

(だって、サンワ食品が買収されるかも、なんてタイミングで、亮介さんと連絡が取れなくなるなんて……ううん、違うに決まってる。決まってるんだけど……)

嫌な想像をしてしまいそうで、聡美の胸は不安に埋め尽くされる。

「では、会議が終わるまで待たせていただきます」

そんなふうに言うのが精いっぱいだ。

だが、その思いが目の前にいる女性たちに届くことはなかった。

「いい加減にしてよ！　総務には総務の雑用があるでしょう？　さっさと下りて、自分の仕事をしてきなさい！」

目の前で怒鳴っているのは、重役付きの秘書ではなく、各部の部長クラスをサポートするグループセクレタリーのひとりだった。普段は重役付きの秘書に顎で使われ、秘書室の雑用係のような立場だ。

その鬱憤が溜まっているらしく、聡美のような一般社員にはいつも強気で出てくる。

しかも、今日はことさら酷かった。

「で、ですから……その仕事をするためにも、専務の判断を仰ぎたいんです」

「はあ？　それじゃ専務があなたに何か仕事を頼んだって言うの？　そんなわけないじゃない」

「それは、山本さんが……いえ、総務の山本さんを通じて、頼まれるっていうか……。でも、山本さんが今日欠勤されているので……。あ、いつもは、野田専務から事前に連絡をいただくんです。でも、今日はなかったので、確認に来ました」

いつもの聡美なら気後れしてしまって、とうの昔にすごすごと引き下がっていたことだろう。だが、今日ばかりは追い返されるわけにはいかない。その一心で、食い下がったのだが、聡美のそんな必死さは別の意味で伝わってしまったようだ。

「あなたね……何をそんなに必死になってるわけ？　まさか、野田専務の愛人とか言い出さないわよね？　まあ、そんなふうには見えないけれど……」

　聡美の上から下まで見回し、後ろに立つ女性たちもクスクスと笑っている。

（どうせ、『綺麗で有能なお姉さん』のこの人たちに比べたら、わたしなんて……まあ、重役の愛人にイメージぴったりって言われても困るけど）

　いつだったか亮介の言っていたことを思い出し、自分がいかに地味で凡庸な女か、あらためて思い知らされた。

　しかし、今はそんな場合ではない。このまま、時間が過ぎれば過ぎるほど、亮介とは二度と会えなくなってしまう気がする。

　聡美は何かに急き立てられるように叫んでいた。

「そういう話じゃありません！　専務が……個人的なお仕事を総務の山本さんにたびたび頼まれているんです。それに関することで……とにかく、専務に話していただけたら、わかると思いますので――」

　そのときだった。

　思いがけない人物が、聡美の言葉を遮った。

「わかりました。じゃあ、七原さん、こっちに来てください」

　総務課の課長、長浜だった。

　課長以上の顔ぶれは最上階に詰めている、と聞いていたが、まさか長浜が助け船を出してくれるとは思わなかった。

「長浜課長⁉　あの、どうして？」

「来ないの？　それなら、さっさと総務に戻りなさい」

「ピリピリしている秘書室の女性たちに比べると、長浜はかなり落ちついて見える。それでも、普段の彼女からすれば、神経質になっているようだ。

「い……いえ、行きます」

どうして長浜が協力してくれるのかわからない。だが、他に頼れる人もいないので、ここはおとなしくついて行く以外にない。

だが、長浜が歩いて行く方向は、重役用の個室があるエリアとは別方向だった。

「あの、野田専務のお部屋はあちらでは？」

聡美は最上階の担当なので一般社員のわりに、この階のことに詳しい。

下手をすれば、重役たちより詳しいかもしれない。

なんといっても備品管理という仕事は、消耗品の交換のためにあちこちの部屋にフリーパスで出入りできる。その結果、意図せず隅々まで熟知していた。

「野田専務は……お部屋にはいらっしゃらないから、行っても無駄よ」

その声は聡美がこれまで聞いたことのないような、マイナスの感情を露わにした声だった。

長浜は出世を目論んでか、社内外での体面や評判をかなり気にしている。こんなふうに、直属の部下に対する嫌悪を表面に出すような人間ではなかった。

（これって、間違っても秘書室の人たちから庇ってくれたわけじゃなさそう。わたし、課長に嫌われてるの？）

混乱しつつも、よけいな口は挟まず、ひたすら長浜のあとを追う。

長い廊下を歩いて行く。そして、突き当たりにある両開きの扉の前に到着したとき、長浜は無言のまま扉をノックした。

中から「入れ」という短い声が聞こえてくる。

その声を合図に扉が開き——聡美は吸い込まれるように足を踏み入れた。

そこには、二十畳程度のブラウンを基調とした空間が広がっていた。足元には毛足の長い絨毯が敷かれていて、壁紙は濃いブラウンだ。

窓際には社長用の大きなデスクと重厚な椅子があり、その近くに黒い革のソファセット——大理石の大きなテーブルと、一人掛けの椅子が八脚もある。

そのすべての椅子に、社長をはじめとした重役たちが腰かけていた。

（ここって、社長室じゃない⁉　いくら専務に話があるって言っても、社長たちの前でなんて……聞けないわよ）

聡美は頭の中が真っ白になるが……。

いくら目を凝らしても、そこに野田の姿はなかった。

「彼女が——例の？」

そう口にしたのは、サンワ食品社長、堀越毅（ほりこしつよし）だ。

約十年前、粉飾決算が発覚して当時の社長が失脚したとき、会社再建のために取引先の主要銀行から送り込まれたのが堀越だった。

六十歳そこそこという年齢のわりに、髪には白いものが多く混じっている。ファッションには気を遣っているらしく、世間ではナイスミドルと評判の社長だ。

聡美はこの社長室にも出入りしているが、社長不在のときばかりなので、堀越の顔を間近で見るのは初めてだった。

（社長の目って、なんだか……怖い）

顔を合わせたこともないのに、堀越は聡美のことを知っていた。しかも、どうしたことか、聡美に対していい感情を持っていないようだ。

その理由のひとつは、堀越の背後に立っている佐々川かもしれない。

佐々川は堀越の問いに、「はい」と答えた。

（佐々川さんが、わたしのことを社長に話したの？　だから、こんな目で見られるの？）

背筋に冷たいものが流れ、膝が震え始める。

「な……が、はま、課長……あの、こちらにも、野田専務は、いらっしゃらないみたいなんですが……」

小声で尋ねるが、長浜は聡美には一瞥（いちべつ）もせず、

「それでは、わたくしはここで失礼いたします」

社長や重役たちに向かって一礼すると、そのまま部屋から出て行ってしまう。

頼みの綱の長浜に置いて行かれた格好になり、聡美は戸惑うばかりだ。どこに視線を向ければいいのかもわからず、挙動不審なまでに辺りを見回す。

そのとき、堀越が聡美に向かって尋ねた。

「総務課の七原というのは君だね？」

「はい、あの」

「そうか、君が野田の引き込んだ男に情報を流していたのか」

「……!?」

まさか、佐々川が言ったことと同じ内容のセリフを、社長である堀越の口から言われるとは思わなかった。

驚きのあまり、聡美は息を止めて目を見開く。

「全く、困ったものだな」

「総務課の女を狙うとは、小賢（こざか）しい真似をしてくれる」

他の重役たちも、次々とそんな言葉を口にした。

「君の処分は追って連絡する。さっさと帰りたまえ」

堀越から手で追い払われるような仕草をされ、聡美はハッと我に返った。

「ちょ、ちょっと、待ってください！　わたしが情報って……なんのことでしょう？　わたしは、ごくごく普通の社員です。会社の情報を知り得る立場じゃありません！」

「この階に出入りして知り得た情報のことだ」

たしかに、この階には出入りしていた。だが誰もいないときに電球を交換したり、トイレでトイレットペーパーの在庫を確認したりする程度だ。

そういった意味では詳しくなっても、会社の根幹にかかわる情報など知りようもない。

「それを、野田が手引きした山本という男に流していたのは君だろう？　佐々川くんから全部聞いたぞ。結婚という言葉につられるとは――浅ましい女だ」

一瞬で聡美に侮蔑の視線が注がれる。

身の置きどころがなくなり、逃げ出したくなるが……。佐々川の彼女を見下す視線に気づいたとき、グッと奥歯を噛みしめ、佐々川を睨み返していた。

「山本さんとは……結婚を前提としたお付き合いをさせていただいてます。でも、情報なんて流していません！　わたしたちは、総務の仕事でこの階に来ていただけです‼」

そもそも、亮介の指導係を聡美に命令したのは長浜だ。

聡美が最上階の担当である以上、その仕事に亮介を同行させることは、最初から充分考えられることだった。

「それに、野田……専務が手引きって、いったいなんのことか」

反論してきた聡美を、不快に感じたのだろう。

堀越は椅子を倒す勢いで立ち上がると、

「野田は企業買収専門の会社に情報を流していた。あの山本は、その会社から送り込まれたスパイだ！　そのスパイをこのフロアに引き込んだのが、おまえなんだ‼」

堀越は聡美を指さして罵倒した。

野田は現社長一派のことを逆恨みし、報復の機会を狙っていたという。

そこにつけ込んだのが企業買収専門の会社だった。そういった会社は依頼があって動くものらしい。

ということは、サンワ食品を狙っている企業がある、ということになる。

それが同業のライバル社か、異業種からの参入組か、あるいは外資系企業が乗っ取りを計画しているのか――その辺りは不明だと話す。

だが、不明だと言うのなら、どうして亮介がその会社の人間――スパイだと、決めつけられなくてはならないのだろう。

聡美がそのことを口にしようとしたとき、

「情報を握っている相手を狙うなら、秘書のほうが最適でしょう。でも、秘書のようなレベルの高い女は、なかなか思いどおりにできませんからね。その点、雑用係なら少し優しい言葉をかけてやるだけで、簡単に言いなりになる」

堀越の言葉を受けて、そう付け足したのは佐々川だった。

彼は聡美の横まで歩いて来て、

「あの男がぼんやりしていたのは、ただの芝居だったということです。──だから教えてやったのに、馬鹿な女だなぁ、君は」

社長たちの前では秘書の顔で、彼らに背中を向けるなり、佐々川は顔を歪めて小声で聡美を罵った。

その醜悪さに、聡美は全身が震える。

佐々川に言われなくても、会社にいる亮介が本当の彼でなかったことくらい知っている。礼儀正しい真面目な彼と、聡美の前にいたときの本当の彼。

その〝本当の彼〟まで偽りで、すべて悪意ある芝居だったと思いたくない。

聡美は亮介を庇いたい一心で、懸命に言い返した。

「そんな……そんなこと、なんの証拠にもなりません」

「証拠は君自身じゃないか！　あの男は結婚をエサに君をもてあそび、散々利用した挙げ句、スパイだとばれたとたん、野田専務と一緒に姿を消した。君は捨てられたんだよ──そうですよね？　社長」

佐々川の言葉に、堀越は強くうなずく。

「そのとおりだ。おかげで、乗っ取りは阻止できそうにない。我が社はもうおしまいだ。君があの男の嘘を承知で力を貸した、というなら……」

亮介の口車に乗せられ、聡美自身も気づかぬうちに会社の情報を流していた場合——聡美はただの被害者だ。

だが、どうあっても亮介の味方をすると言うなら、

「そのときは、君のことも会社に対する背任行為で訴えるぞ。覚悟しておけ！」

堀越の厳しい言葉に聡美は愕然とする。

思えば、亮介と野田の関係に、疑問を持たなかったと言えば嘘になる。就職を世話してもらったのだから、圧倒的に野田の立場が上のはずだ。

だが、時折、そう思えなくなることもあった。

総務の仕事は熱心にこなすが、なぜか不自然なまでに休みを取る。会社は学校とは違う、アルバイトでもあるまいし、社会人として許されないことだろう。

亮介は祖母の代理だと釈明していたが、どうして野田がそれを庇うのか。

(本当は専務とこの会社の情報を探る仕事をしていた、とか？　じゃあ、おばあ様っていう話も嘘なの？　ご両親のことも、全部、何もかも嘘だったの？)

聡美を愛していると言って抱き寄せた腕も、何度も口づけた優しい唇も、結婚したいという言葉も……すべてが嘘だと言うのだろうか？

聡美の祖父に語りかけてくれた、

『聡美さんと結婚したいと思っていて、おじいさんにご挨拶に来ました』

あのときの微笑みまで偽りだったとしたら……。

信じたいと思うが、それなら、どうして今日会社に来ていないのか。聡美の電話にも出てくれないのか。すべてが納得できる理由が思いつかない。

心が折れそうになる聡美に向かって、堀越はふいに優しいことを言い始めた。

「いや、厳しいことを言ってすまない。君も被害者なんだとわかってほしかったんだ。気の毒に、さぞ悔しいだろう」

堀越は作り笑いを浮かべ、聡美に近づいてきた。

「野田を背任行為で訴えようと思う。君も協力してくれるね？　山本から酷いセクハラを受けた、身体の関係を強要され、情報を流すよう脅迫された、と証言するだけでいい」

肩に手を置き、とんでもない証言の内容を『だけ』と言う。

「迷うことなどないだろう？　君を騙した男に、仕返しするチャンスをあげると言ってるんだ。そうしないと、君が裏切り者として、全社員から恨まれる羽目になるんだぞ」

それより他に道はない、と言われ……聡美は少しずつ追い込まれて行きそうになる。

だが、そのとき、亮介の言葉を思い出した。

『ただただ誠実に、君のことを愛し続けたら、五十年……六十年後、君がもし何もかも忘れても、僕のことだけは覚えていてくれるだろうか？』

聡美の祖父母がいかに深く愛し合っていたかを話したとき、彼は真剣なまなざしで、自分もそんな人生を送りたいと言った。

あのとき、聡美は彼に答えたはずだ。

『何があっても、わたしはあなたの味方でいたい』と。

もしここで亮介の味方でいることをやめてしまったら、自分が口にする愛の言葉は、なんと薄っぺらなものなのだろう。

聡美は深呼吸をひとつすると、肩に置かれた堀越の手を払いのけた。

「専務に何か計画があって、そのために僕がこの会社に入ったわけじゃない――山本さんはそう言ってくれました。わたしは、彼の言葉を信じます」

その一瞬で、堀越の顔色が変わった。

「――それが、社長に向かっていうセリフか⁉」

「山本さんはわたしにセクハラなんてしていませんし、関係を強要したこともありません。まして や、情報なんて……そんな嘘の証言はできません！」

聡美がはっきりと宣言した直後、社長室内に怒号が轟(とどろ)いた。

「なんて馬鹿な女だ！　おまえはクビだ‼」

第六章　幸せはここにある

聡美が一礼して社長室から出て行こうとしたとき——。

ふいに、激しいノックの音が辺りに響いた。

「なんだ⁉」

聡美の態度によほど苛立っていたのだろう。堀越がノックの音に怒鳴りつけた直後、扉が開き、先ほど出て行ったばかりの長浜が飛び込んできた。

「誰が入っていいと言った！　そんな勝手を許した覚えは」

「さ、山和、商事……か、かい……」

堀越の言葉を遮るように長浜が口を開くが、彼女が何を言わんとしているのか、よくわからない。

そのとき、社長室の外がガヤガヤと騒がしくなる。

中にいた全員が入り口のほうを見た瞬間——杖(つえ)をついた白髪の老婦人がゆっくりと社長室に入って来たのだった。

老婦人は九月の初旬にふさわしい藤色の単衣小紋を着ていた。帯は金糸を織り込んだ名古屋帯、帯留めは小ぶりだが本物のエメラルドだろうか。銀縁のメガネをかけた実に上品な女性だった。

（……誰？）

聡美が首を傾げたそのとき、すぐ後ろで堀越の声が上がった。

「会長⁉　山和商事の会長自ら、わざわざ、このような場所にお越しくださるとは……。まことに、恐悦至極にございます！」

これまで、ふんぞり返って怒鳴り散らしていた男性と、同一人物とは思えないような声を上げた。

「事前にご連絡いただけましたなら、こちらから本社に参上しましたのに。いえ、せめて玄関までお迎えに上がりましたものを」

堀越は揉み手しながら近寄り、猫なで声ですり寄っていく。

そのあまりの変貌ぶりに、聡美は呆気に取られていた。

「まあ、そうでしょうね。都合の悪いものを隠す時間が必要でしょうから――。そういうことでしょう？」

さすが、山和グループを束ねる大株主、山和商事の会長と言うべきだろうか。小柄な老婦人とは思えないくらい、毅然とした声で言い返している。

「さあ、返事をなさい、堀越！」

「返事と言われましても……。このたびのこと、すべて、専務の野田がたくらんだことですので……。奴はスパイを社内に引き込み、この総務課の社員を使って、グループ会社統合に関する情報を横流しするという、とんでもない真似をしでかしまして……」

堀越がそう口にしたとき、会長は開いたままの扉に向かって声を上げた。

「入りなさい」

その言葉を聞くなり、姿を見せたのは——亮介だった。

亮介はいつもと同じ黒縁メガネをかけ、前髪を垂らしている。

だが、スーツはいつもと違った。昨日とよく似た〝ナポリ仕立てのオーダーメイドスーツ〟を着ていて、たった今着替えたように、彼はネクタイを結んでいる最中だった。

そんな亮介の姿を見て、息を呑んだのは聡美だけではない。

背後で一斉にどよめきが走った。

「こいつがスパイだ！　そ、そうですよね……社長？」

そう叫んだのは佐々川だ。彼は亮介を指さしながら、必死に訴えている。

「あ、ああ、そうだ。まさか、山本会長ともあろうお方が、こんな男に騙されるわけがないとは思いますが……」

「え？　山本!?」

堀越の言葉を聞き、聡美は反射的に声を上げていた。

言われて思い出したのだ。親会社である、山和商事の会長であり、山和グループ全体を束ねる創業者一族の苗字が〝山本〟であることに。

（ああ、でも、待って。山本って、よくある苗字だし……それに、たしか……）

会長の名前は山本和枝という。江戸時代後期に創業した〝山和堂〟が山和商事の基盤になっており、〝山和堂〟の名前は初代の山本和衛門からきている。以降、直系の子供には名前に〝和〟の字が付けられてきた。

そんなことを、新入社員研修で社史を教わったときに聞いた覚えがある。

もし亮介が言っていた祖母がこの和枝であるなら、彼の名前に〝和〟の字が入ってなければおかしい。

だが和枝は、そんな聡美の疑問をあっさりと無視した。

「スパイ？　ええ、そうですよ。わたくしの命令で、孫の亮介にはサンワ食品に潜む裏切り者を見つけるスパイをしてもらいました。野田も同様です」

「なっ……なぜ、どうして、そんな……え？　孫？」

真っ青を通り越し、堀越の顔は真っ白に近くなる。

「決まっているではありませんか。ここ数年、グループ内部の情報を流し、インサイダー取引に手を貸している者をあぶり出すためです。そう、堀越――あなたのことですよ！」

和枝の一喝で社長室、いや、本社内に激震が走った。

事の起こりは約一年前――。

和枝は亡き夫の後輩にあたる野田から、サンワ食品内の不正について上申書を受け取った。しかもそれは一社員の不正ではなく、上層部ぐるみの不正。

詳細を調査したくても、専務とはいえ代表権もない閑職の野田には、そういった情報に近づくことすらできないという。

だが、このままではいずれ明るみになる。粉飾決算の悪評から立ち直りつつあるサンワ食品の名前にふたたび泥を塗り、今度こそ立ち直れないところまで落ちてしまうかもしれない。

正式な手順を踏み、大々的に調査を入れようとすれば、首謀者は真っ先に証拠を消すだろう。そして、手に入れた金を持って会社から離脱するだけだ。

親会社の会長として、和枝はサンワ食品自体を切ることも考えた。

だが、サンワ食品は傘下の食品部門の中では最も長い歴史があり、和枝が最初に、社長に就任した会社だった。十年前も解体せず、社名もそのままで継続させたのも、特別な思い入れがあるからだ。

潰したくない。だが、今度ばかりは手放さなくてはならないかもしれない。

悩む和枝の力になりたいと、自ら潜入を志願したのが亮介だった。

サンワ食品は日本国内における洋酒の流通の六割を押さえている。中でも、ワインの流通は八割にも及んだ。

そして亮介のここ数年の仕事は、ヨーロッパ各地に散らばるワイナリーを回り、上質なワインを調達すること。

サンワ食品を切っても、山和グループに食品関係の会社はたくさんある。だが洋酒の流通を丸々引き継ぐことは難しいだろう。せっかく押さえたワインも、国内の流通に乗せられない可能性も出てくる。

それは、彼にとっても歓迎できる事態ではなかった。

亮介の言った言葉――野田が計画して亮介を招き入れたわけではなく、逆に亮介がスパイとして潜入することを計画し、野田に協力を仰いだ、というのが正しい。

そして彼は昨年十一月に帰国。準備期間を得て、三月末、サンワ食品に入社したのだった。


亮介はメガネを外し、前髪を無造作にかき上げる。

真面目なだけが取り柄で融通の利かない印象が、一瞬で有能なビジネスマンの顔になった。

「孫、お孫さんだなんて……会長もお人が悪い。裏切り者？　この私がですか？　私がそんな真似をするはずが……」

空々しい笑いを浮かべる堀越の前を横切り、亮介は社長用のデスクに近寄った。デスクの下に手を伸ばし、取り出したのは小さな黒い塊——。

「まさか、盗聴器？」

重役の誰かがそう呟いた。

「と、盗聴だと？　そんな不正が、証拠になるわけが」

さらに嘯こうとする堀越に向かって、亮介はフッと笑った。

「堀越社長、私がなんのために半年もこの会社にいたと思ってるんだ？　まさか、こんな時期に子会社の統合なんて、偶然だとでも？」

「偶然じゃない、のか？」

子会社を統合するためには、新たな株式の発行や、相互に所有する株式の調整も行われる。普段なら目を光らせている大口取引も、こういった状況なら見逃しやすくなる。その隙を作るために、あえてこの時期、統合の話を進めたのだという。

あの会議室で亮介が口にしたことは、彼の計画の一端だった。

「その盗聴器は証拠でもなんでもない。ただ、この社長室にやって来るタイミングを計るためのものだ。ああ、すでに地検の連中がやって来て、書類の差し押さえをしている。重役の半数が取り調べの対象となるそうだ」

社長室には大きな動揺が走る。

テレビのニュースや新聞の第一面でよく見聞きする言葉が、亮介の口からこぼれた。聡美にはよくわからない単語ばかりで、息を潜めて事態の成り行きを見守ることしかできない。

そんな彼女の横を和枝はすり抜け、社長用のデスクの前に立った。

「取り調べ対象の全員を役職から外します。それ以外も、取締役は全員、責任があると思いなさい。本日付けで、この亮介をサンワ食品の最高経営責任者とします。暫定的ではありますが、本社の決定ですからね。従えない者はすぐに辞表を出しなさい」

有無を言わさない決定に、堀越は力を失い、絨毯の上にペタリと座り込んだ。

☆　☆　☆

人生初の、検察による差し押さえに立ち会う、という経験をしたその夜——聡美はひとり、会社に残っていた。

それもこれも、総務課の課長である長浜と、会社ぐるみで証券取引法違反を目論んだ首謀者、堀越との不適切な関係まであきらかになったせいだ。

長浜も不正行為に深く関わっていたことが判明し、総務課のデスクもひっくり返して調べられた。

その立ち会いに、総務課内で最も不正に関与した可能性の低い人物として、聡美の名前が挙げられたのである。

係長や主任など、肩書きのある人たちを差し置いて、と思わないでもないが……。

その名前を挙げたのが会長の和枝とあっては、誰も文句は言えない。というより、とても文句を言うような余裕のある人間はいなかった。

社内が騒然となる中、あらかじめ亮介が調べ上げて提出した書類により、次々と逮捕状が執行されていく。

それが落ちついたころ、会長の名前で亮介が、〝サンワ食品最高経営責任者兼社長〟に就任したことが発表されたのだった。

当然、社員たちは上へ下への大騒ぎとなる。

(そりゃあそうよね。『新卒より役に立たない男』呼ばわりして馬鹿にしてた相手が……実は、山和グループの御曹司で社長になっちゃいました、なんて。誰だってびっくりよ)

そして夕方、社長の……前社長の堀越をはじめとした重役の半数が違法行為に加担していたことがインターネットに流れ、会社は急遽、記者会見を開くことになった。

当初、マスコミ報道はサンワ食品に厳しく、誰もが記者会見の席につくことを尻込みしていたという。

　ところが、その会見の席に亮介がつき、真相を隠さず公表したことで、風向きが一気に変わった。

　このままいくと、十年前とは違って、サンワ食品の評判はそう悪いものにはなりそうにない。それは同時に、亮介が山和商事会長の後継者として認められることにも繋がり——。

（今日一日で、亮介さんがすっごく遠い人になっちゃった。わたしなんかじゃ、もう……手が届かないよ）

　デスクの上に積まれたままのファイルを、一冊ずつ確認してスチール棚に戻しつつ、聡美はため息をついた。

　そのとき、フッと照明が落ち——一瞬で辺りが真っ暗になる。

「あ、あのっ、まだ、ここにいます！　後片づけが終わらないんで、すみませんけど、灯りは消さないでいただけますか？」

　とっさにそう叫んでいた。

　夜間はビルの照明が一斉にオフになる、という話は聞いたことはない。

　ビルには管理会社の雇った警備員が二十四時間常駐している。夜間は巡回までしてくれて、階ごと、会社ごとの都合に対応してくれるはずだった。

　入社以来、総務課から異動したことのない聡美にすれば、ビルの照明を気にする時間帯まで残業したことがない。ただ、利用の手引きやマニュアルは読み込んでいるので、それを覚えているだけだ。

（灯りを消したのって、警備の人……よね？　まだ、日付は変わってなかったと思うんだけど。まあ、総務がこんな時間まで残業することってなかったはずだから、消し忘れって思われたんだろうなぁ）

聡美はそんなふうに軽く考え、もう一度声を上げる。

「あの、すみません。わたし、総務の七原と言います。ご存じかと思われますが、今日はいろいろとありまして……あと一、二時間は灯りを……」

そこまで言って、ようやくおかしいと気づいた。

警備員なら、人がいるかどうか、確認してから電気を消すのではないだろうか？

これではまるで、聡美がひとりでいることをわかっていて、わざと暗くしたように思えなくもない。

そんな考えに至ったとき、聡美は背筋がゾクッとした。

「誰……ですか？　灯り……灯りを、つけてください！　どうして、黙ってるんですか？　け、けい、さつに電話しますよ！」

すぐ横のデスクの上に、スマートフォンを置いたままだったことを思い出し、手探りで見つけようとするが……。

そのとき、誰かが聡美の手首を掴んだ。

「きゃっ」

一瞬、ほんの一瞬だけ、亮介かもしれない、と。社長室で顔を合わせたものの、ひと言も話せないまますれ違ってしまった聡美に、会いに来てくれたのかもしれないと、そんな淡い期待を抱いてしまう。

だが、聞こえてきた声は——。

「よくも、俺のことを馬鹿にしてくれたな」

「あ……あなたって⁉」

それは間違いなく、逮捕された堀越の第二秘書、佐々川だ。

彼は社長たちの行っていた不正について、気づいていたように思える。ただ、現在の時点で、秘書から逮捕者が出る恐れはない、という話だった。

しかし、会社の判断では、完全無罪とはいかないようだ。

逮捕された重役の担当をしていた秘書は、全員に退職勧告が通達された。

「佐々川さん、どうして、こんなところにいるんです⁉」

彼らが会社の重要書類に触れることができないよう、すでにＩＤカードも取り上げられたはずだった。

こんな時間、こんな場所で顔を合わせること自体、あり得ないことだ。

「驚いたよ。君にこんな真似ができるとは思わなかった」

「こんな真似？　わたしがあなたに、どんな真似をしたと言うんです？」

「決まってるだろう？　あんな野郎に取り入って、この俺を虚仮にしたことだ！」

佐々川が言う『あんな野郎』とは、亮介のことに違いない。だが、どこをどう見たら、取り入ったように思えるのだろう？

取り入るどころか、聡美は亮介をごく普通の社員と思い込んでいた。

だからこそ、亮介が社長たちのことを探っているとも知らず、『結婚を前提に付き合っている』『結婚の約束をした』とはしゃぎまくっていたのだ。

真相を知っている人間の目には、さぞかし滑稽に映ったことだろう。

「虚仮になんてしてません！　山本さんのことは……彼の素性も目的も、わたしは何ひとつ知らなかったんですから」

掴まれた手を振りほどこうとするが、腕力ではとても敵いそうにない。

「ふーん、じゃあ、君も奴に騙されたんだ」

しだいに暗闇に目が慣れて、おぼろげながら佐々川の顔が見えてきた。

「お話なら、聞きます。まず、手を放してください」

「騙された者同志、仲よくしようじゃないか？　そうだな、このままホテルにでも行って、これからのことをじっくりと相談しよう」

そう言うと、佐々川はニヤリと頬を歪めた。

窓から射し込む月明かりが彼の瞳に反射して、妖しげに光る。その表情が狂気めいて見え、聡美はすぐさま逃げ出したくなった。

「た、たしかに……わたしは騙されたのかもしれません。でも、そのことと、彼を好きな気持ちは別です。騙されても、捨てられても、わたしは、好きじゃない人とホテルになんて行きません。佐々川さん、これ以上、乱暴なことはやめてください！」

「やかましい！　綺麗ごとばっかり言いやがって」

聡美は必死だったが、今日一日で失脚した彼は、とても落ちついて話を聞き入れてくれる感じではなかった。

こうなったら一旦承諾して、更衣室のロッカーに荷物を取りに行くふりをして、逃げ出すしかない。

頭の中ではそんな冷静な考えが浮かぶのだが……亮介以外の男性からの誘いに、どうしても『イエス』と言えないのだ。

（逃げるためよ。わかったって言えばいいだけ、それだけじゃない）

何も言えなくなった聡美を侮ったのか、佐々川は手首を掴む手に力を込め、彼女の身体を振り回すようにして、近くのデスクに押し倒した。

「きゃあっ！」

天地のひっくり返る感覚に、聡美は悲鳴を上げる。

「声を上げても無駄だよ。警備員はこの階には来ないよう頼んでおいたから……」

「どう……して、そんな、こと」

「どうせ、会社はクビだしな。まあ、あんな野郎に頭を下げて働くぐらいなら、辞めたほうがマシさ。でも、このままじゃ気が済まない……代わりに、君がその躰で俺に償(つぐな)えよ」

亮介は何も悪いことはしていない。

経営の実権を握り、この会社を、一般社員たちを食い物にする連中を追い出しただけだ。

少なくとも、そんな連中に加担していた人間に、償わなければならないようなことはしていない。

そのことを聡美が言い返そうとしたとき、目の前に佐々川の顔があった。彼は舌なめずりするように、聡美の顔を覗き込んでいたのだ。

気持ち悪さに顔を背けた瞬間、首筋に佐々川の唇が触れた。

「い、や……やめ、て……」

それは、不快感を通り越した恐怖だった。

同じ行為なのに、亮介の唇には幸福な温もりを感じ、佐々川のそれには……まるで素肌にナメクジが這(は)うようで、聡美は嘔吐(おうと)しそうになる。

「触らないで……お願い、やめて……」

「おとなしくしてろよ。騒ぐと、殴るぞ。俺にはもう、失うものなんてないんだからな」

たとえ殴られても、おとなしくしてなどいられない。

「いやっ！　誰か、助けて……亮介さん、助けてっ！」

「君は馬鹿なのか？　社長様がこんなところに来るわけないだろ？　用済みの女のことなんか、とっくに忘れてるさ」

そうかもしれない。

聡美の中に、佐々川の言葉と同じ思いがよぎる。だが、それでも聡美が亮介を愛している、という思いは消せない。

亮介からもらった『愛してる』の言葉も、忘れられるものではなかった。

「亮介さん、亮介さん、亮介さん！」

彼の名前を呼び続ける聡美に苛立ちを覚えたのだろう。佐々川は舌打ちすると、手を振り上げた。

（殴られる！）

聡美は口を閉じ、グッと奥歯を噛んだ。

刹那――総務課のフロアに煌々（こうこう）とした灯りが点った。

あまりの眩（まぶ）しさに目の前がクラッとして、聡美は固く目を閉じる。

「うわぁっ！」

それは佐々川の声に思えた。

同時に掴まれていた手首がフッと楽になり、佐々川の気配が聡美の近くからなくなった。

いったい何が起こったというのだろう。一切わからないまま、聡美は眩しさを我慢しながら、瞼を押し開けていく。

その瞬間、彼女の視界はひとりの男性でいっぱいになる。

「聡美？　聡美ちゃん、怪我はないか？」

不安そうな顔で彼女を覗き込んでいたのは――亮介だった。

その声もまなざしもこれまでと寸分変わらない。心から聡美を思いやってくれる優しい亮介の姿だった。

「遅くなってすまない。まさか、今日中に記者会見までやる予定じゃなかったから……。社長室では何も話せなかったし……いや、そんなことより、どこか痛いところは？」

亮介はひたすら聡美のことを案じてくれる。

だが、そんな亮介のほうがずいぶんと疲れた顔をしていた。きっと朝から……ひょっとしたら、昨晩、聡美と別れてからずっと、今回の件で走り回っていたのかもしれない。

彼の正体を聞かされていなかったショックも忘れ、聡美は彼の身体が心配になる。

「わたしは、大丈夫です。でも、亮介さんのほうが……」

「僕は単なる寝不足だよ。一日でも早く決着をつけて、君に本当のことを話して、祖母と会ってもらわなくては、と。向こうが動き出したタイミングで一気に片をつけたから、ちょっと強引だったかもしれない」

　彼の手を借り、聡美はゆっくりと身体を起こす。

　そのときだ。ガタンと大きな音が聞こえ、直後、「おい、こらっ！」「おとなしくしないか」という複数の声が上がった。

　聡美が音の聞こえてきたほうに目をやると、警備員の手を振りほどき、手近にあった事務椅子を振り上げる佐々川の姿が飛び込んできた。

「おまえのせいだ。何が新社長だ、御曹司だ！　おまえなんか、死ねよ‼」

　佐々川は悪態をつきながら、亮介に向かって事務椅子を振り下ろした。

「亮介さん、危ないっ！」

　聡美は両手で口元を覆うが……。

　次の瞬間、亮介の足刀が佐々川の鳩尾（みぞおち）に入っていた。

　佐々川は動きを止め、振り上げていた事務椅子を真下に落とした。そのまま、床に膝をつき、前屈（まえかが）みになって胃液を吐き始めたのだった。

　そんな佐々川に向かって、亮介は冷ややかな視線を向ける。

「言ったはずだ。私の婚約者に二度と触れるな、と。今度こそ、その馬鹿な頭にしっかり叩き込んでおけ」

言いながら、彼は聡美の傍から離れ——佐々川の前に立った。

亮介は佐々川の茶色に染めた髪を鷲掴(わしづか)みにして、上を向かせたのだ。

「おまえには二十四時間、一日の例外もなく監視がついている。この先、一生監視され続けると思え。私の目を盗んで聡美に近づこうものなら……おまえの一生を短縮してやる。いいか、御曹司を舐めるなよ」

佐々川はすべてを聞き終えることなく、白目を剥(む)いていた。

たしかに、『死ね』と直接的な言葉で脅されるより、亮介のようなセリフで遠回しに言われるほうが怖い。

「ビルの外に放り出せ」

警備員たちは亮介の命令にうなずくと、佐々川を両側から抱え込み、足を引きずりながら連れて行く。

そんな同期の姿を、聡美はデスクに座ったまま、見送ったのだった。


総務課のフロアに亮介とふたりきりで取り残される。

もう二度と会ってもらえないかもしれない。そんな不安を抱えていたので、亮介に会えたことが嬉しくて堪らない。

彼の姿をボーッとみつめていたが……今の会社の状況を考えれば、そんな呑気なことをしている場合ではなかった。

聡美はデスクから下り、慌てて乱された制服を整える。

「ど、どうも、ありがとうございました。その……いろいろと、ご迷惑をおかけしてしまって、申し訳ありません」

「いや、そんな言い方をしないでくれ。それより、本当に大丈夫なのか？」

亮介の変わらない優しさがつらい。

彼の顔を見た瞬間は、うっかりこれまでどおり、と思ってしまった。だが、そんな簡単なわけがない。

なんといっても、亮介は今日付けでサンワ食品の社長に就任した人だった。

（亮介さんと結婚……総務課の彼ならともかく、社長との結婚生活なんて……ダメ、全然、思い描けない）

世間では玉の輿と言われ、羨ましがられることなのかもしれない。

だが、小さな幸せに人生の至福を感じていた聡美にすれば、あまりにも身の丈に合わない肩書きだった。

彼への愛情は簡単には消えないし、忘れてしまうこともないだろう。

それと同時に、聡美の心は彼の肩書きに怯え、完全に臆してしまっている。

いっそ、山和商事の会長の孫だということが、デタラメであってくれたら、と願うくらいだった。

「亮介さんこそ……いえ、山本社長も顔色が悪いです。お疲れのようなので、今日はお帰りになったほうが……」

聡美が精いっぱい他人行儀に話そうとしたとき、亮介の腕が伸びてきて、腕の中に閉じ込めるように抱きしめられた。

「昨日、車の中であんなに愛し合ったことは覚えてない？　まさか、全部なかったことにしようなんて、言わないだろうね？」

心の中を言い当てられ、聡美はドキンとした。

「でも、わたしには……」

「何も持たない僕を愛してくれたのに、肩書きや財産があるとダメなのか？　結婚の誓いは、病めるときや貧しきときに支え合うことだけじゃない」

亮介は抱きしめる力をどんどん強くする。

「君のおばあさんは、おじいさんが大工だったから愛したのか？　もし、おじいさんが大金を稼いだり、会社の社長になったりしたら……こんなはずじゃなかった、と言って愛することをやめたと思うかい？」

真実を知らされず、恋に落とされてしまったのは聡美のほうなのに、これではまるで、聡美が彼を捨てようとしているみたいだ。

聡美のせいではない。だが、亮介の言葉も理に適（かな）ったもので……。

考えれば考えるほど、ひと言も言い返せない。そんな聡美に『ノー』と言わせないとばかり、彼は畳みかけてきた。

「君が結婚してくれないなら、僕は孤独に死んでいくことになる。たったひとつ、何もかも忘れても、自分の中に残っていてほしいと思う人を失うんだから――君は違うのか？」

「そんな言い方、ずるいです。だって、ずっと嘘をついてたくせに」

やっと口にできた言葉がそれだった。

ところが、亮介の返事は予想外のもので……。

「僕は君に嘘なんかついてない」

「え、でも、山和商事の――」

「言わなかっただけだ。山本亮介は本名だし、学歴も経歴も偽ってなんかいない」

「それは……」

亮介の高校中退という学歴は嘘ではない。

ただ、話を聞くうちに、彼が口にしたやんちゃの中身が、『ちょっと』ではなく『かなり』のものであることを知った。

その原因は――。

亮介の父親、生方洋史（うぶかたひろし）は、山和グループ後継者の器ではない、という理由で、和枝から離婚を強要された。さらには、母親の和保（かずほ）が家を出て再婚しようとしたとき、亮介を連れ出そうとしたが……和枝が実の娘の手から亮介を取り上げたのだ、と。

両親との面会も許さず、彼を孤独に追い込んだのは、祖母の和枝である——亮介は長い間そう思い続け、ずっと和枝を恨んできた。

そんな亮介が高校に入学したとき、自ら両親に会いに行くことを計画したのだ。

まずは、旧姓に戻り、小さな会社を経営している父親の住所を探し当てる。およそ十五年ぶりの父親との対面。期待を露わにした息子に、父親が差し出したのは嫌悪の情だった。

『山本の婿だったことはとうの昔に忘れた。いや、もうなかったことだ。私の子供は、今の妻との間に生まれたふたりだけと思ってる。君は、金に困ってるわけじゃないんだろう？　いったい何の用があって来たんだ？』

わずらわしそうに言う父親の背後には、彼の現在の妻と、異母弟がふたり、不審者でも見るような目つきで亮介のことを見ていたという。

傷ついた亮介だったが、母親の愛情だけは決して揺るがない最後の砦（とりで）と信じていた。

しかし——その砦は脆（もろ）くも崩れ去る。

彼の母親は息子の顔を見るなり、ヒステリックに怒鳴りつけた。

『山和グループの跡取り娘なんだから、何代も続いた家名を守って当然、なんて言われて……

好きでもない男の子供を産まされたのよ。まるで人身御供じゃないの。全部捨てて、やっと幸せになれたのに……さっさと帰って、二度と来ないで！』

母親は再婚相手の実家にも、再婚して生まれた娘たちにも、自分が山和グループ創業者一族の直系であることを隠していた。

当たり前だが、亮介という息子がいることすら、告げてはいなかったという。

彼を孤独にしたのは和枝ではなく、両親だった。

残酷な真実をつきつけられ、心を粉々に砕かれた。それでも、十六歳の彼が戻れる場所は、冷たい祖母の家だけ。

父親には息子ではないと言われ、存在すらなかったことにされた。

母親からは、人身御供のように亮介を産まされたが、彼を捨ててやっと幸せになれた、と言われた。

亮介が鉄パイプを手にケンカをしたり、勝手に持ち出した祖母名義の車で道路交通法違反を繰り返したりしても……仕方がないとは言えないが、やるせない気持ちは、その話を聞いた聡美にも充分に伝わった。

「僕が通っていたのは都立だったから、さすがに私立のように金の力で、とはいかなくて……入学して半年足らずで退学になった。そのとき、思いきり家名に泥を塗ったから、祖母にも見捨てられるだろうなって」

軒下に巣を作るツバメですら、子供が巣立つまで必死にエサを運んでいる。それにもかかわらず、亮介の両親は簡単に我が子を巣の下に投げ捨てたのだ。

亮介の名前に〝和〟の字が入っていないのは、誰もが彼を必要としていないせいだろう。

不要な赤ん坊を押しつけられ、祖母もさぞかし迷惑していたに違いない。

その考えが正しかったように、和枝は行き場を失くした亮介に、ロンドン行きのチケットとパスポートを差し出した。

『ここにいれば、やたら多い親戚が口を挟んでくるでしょう。イギリスでは寮に入って学校に通えるようにしておきました。その先は、あなたの好きになさい』

これで祖母にまで捨てられた――そう思った彼は、ひとりで生きていくことを決意したという。

ロンドン近郊にあるパブリックスクールに入学後、彼は都立高校に通っていたときとは一変した。勉強に本腰を入れ、上位五パーセントのカレッジャーと呼ばれる奨学生となり、卒業後はケンブリッジ大学へと進んだ。

「ケ、ケ、ケン……」

予想もしていなかった方向に話が進み、聡美は呆気に取られる。

「日本国内での最終学歴は高校中退だから、嘘はついてないだろう?」

いつの間にか、亮介に抱きしめられたまま、ふたりは床の上に座り込んでいた。

亮介は彼女を膝に乗せ、黒髪に頬ずりしながら話し続ける。

「大学に籍を置いて、長期休暇はフィールドワークと称してヨーロッパ中を回った。いろんな人と知り合い、いろんな仕事をして、それなりに稼いだよ。通算八年間大学と大学院に在籍して、最終的には経営学の博士号を取ったんだ」

もう、何をどう言ったらいいのかわからない。

亮介には、そのまま大学に残って将来は教授という道もあったという。

だが彼は、あることに気づいた。

亮介の人生において、孤独を感じなかった日は一日もなかった。それは日本にいたときだけでなく、ロンドンに留学してからも同じだった。何をしても、どれほどの評価を得ても、心が満たされない。

それは、自分が本来いるべき場所で、その責任を果たしていないからではないか、と。

「両親のことを軽蔑していた。いろんなことを息子に押しつけて逃げ出した卑怯者だ、と。でも、僕自身も逃げ出した卑怯者だった」

「そんなこと……。亮介さんは高校生だったんですよ。おばあ様だって……あなたが逃げたなんて、きっと思ってないです」

大学院を卒業後、彼はフリーのバイヤーとして、山和グループと契約を交わした。長年のフィールドワークで培った実績を買われてのことだった。

「どうも日本に帰ってくるタイミングが掴めなくて、かといって、山和商事のロンドン本社に雇ってくれというのも変だろう?」

だから、スーツを着て会社に通う仕事はしたことがなかった。コピーの取り方も本当に知らなかったんだ、としつこいほど繰り返している。

(別に、そこまで嘘なんて言ってないんだけど……)

スーツの話になって、聡美は香子からかかってきた電話の内容を思い出す。

『去年の終わりから今年の春まで、うちのスイートをリザーブしてくださったお客様がいたの。その方の名前が〝山本亮介〟様』

『その方が連れ込むのは、いわゆるプロの女性に間違いないだろうって』

亮介がそんなお金を持っているはずがない。それに、プロの女性との関係を「短い付き合い」とは言わないだろう。よくある名前だから、同姓同名に決まっている。

そう思っていたが、彼の本当の立場を聞いたら……。

「それって、ナポリ仕立てのオーダーメイドスーツ――ですよね? 昨日のも……一着、百万以上するって」

いきなりスーツのことを言われて面食らったのか、亮介は大きく目を見開いた。

「ああ、よくわかったね。君はこういう服には興味がないのかと思ってた」

「興味はないです。でも、最初にわたしたちが一緒に泊まった――系列ホテルに勤めてるっていう友だち……昨日、うちのマンションで会った彼女なんです。ホテルは港区赤坂にあるんですけど……ご存じ、ですよね？」

亮介の顔から、見る見るうちに余裕の二文字が消えていく。

ひと言で表現するなら、彼の瞳には『ヤバイ』の文字が浮かんで見えた。

（亮介さんって、本当はとってもわかりやすい人なんじゃ？）

聡美が無言のまま彼の目を見続けていると、いきなり彼女を膝から下ろし——なんと、床の上に正座して頭を下げたのだ。

「何を聞いたかわからないけど、そのホテルで自分が何をしていたか……それは、ちゃんと覚えている。君がそのことを怒っているなら、言い訳はしない。このとおり、心から謝る。申し訳ない。反省している。でも——」

和枝からサンワ食品のことで相談を受け、亮介は解決すべく帰国した。そのとき和枝と和解して、彼は山和グループの後継者となる覚悟で戻ってきたという。

ところが、亮介が帰国するなり、やたら多い親戚がいろいろと口を出してきたのだ。

高校を退学になり、日本を飛び出して行った亮介に後継者となる資格などない。外国の大学を優秀な成績で卒業したと言われても、一概には信用できない。今さら戻って来たところで、先祖代々の資産を食い潰すのが関の山だろう。それでも後継者として認めてほしいと言うなら、せめて山本家にふさわしい相手と結婚しろ——そんなことを延々と言われたのだった。

「親戚のことは、祖母の懸念どおりになったってわけだ。母が人身御供と言った気持ちもわかったよ。まあ、理解しただけで、受け入れたわけじゃないけどね」

実家にいると、毎日のように誰かが説教にやって来る。

今回の計画を立てるにも集中できず、彼は香子の勤めるホテルに部屋を取った。だが、それすらも探り当てられ、ホテルの部屋に見合い相手と一緒に乗り込んでくる始末で……。

「半ば自棄(やけ)になって、金で買える女性と……。でもスーツはそんな目的であつらえたんじゃない。大事な仕事で信用を得るためだ」

今にも泣きそうな顔で、亮介は奥歯を噛みしめている。

「サンワ食品で君と出会った。正真正銘、初めての恋だ。オプションなしの僕を好きだと言ってくれた君に、嘘はつきたくなかった。でも本当のことも言えなくて……。ただ、これだけは信じてほしい。君と出会ってから、他の女性には指一本触れてないし、触れる気もない。もちろん、これからは一生君だけだ！」

言い訳はしないと言いつつ、言い訳だらけだと思うのは気のせいだろうか？

「スイートなんかで遊んでたら、たちまち破産するって言ってませんでした？　あれって、嘘ですよね？」

聡美が上目遣いで尋ねると、彼はさらに頭を低くした。

「も……申し訳ない。まさか、君が望むなら何泊でも、とは言えなくて……。いや、本当に反省してます。とにかく、二度とそんな女性と遊ぶようなことはしません」

それ以上、亮介を苛めるのも可哀想に思えて……聡美もその場でスッと居住まいを正した。

「今日の——記者会見、見ました。会社の評価が下がらなかったのは、あなたの真摯な心が伝わったからだと思います。わたしにも、伝わりました。だから……えっと、末永くよろしくお願いいたします」

膝の前に手をつき、おもむろに頭を下げる。

すると、亮介は相好を崩し、聡美に飛びついてきた。あまりの勢いに仰向けに押し倒され、床に転がされてしまう。

「きゃっ……やだ、もう、亮介さ……ん」

視線が絡み、直後、噛みつかれるようにキスされていた。息もできないくらい、熱く激しい口づけだ。

普段の聡美なら、会社の中はダメ、と言って彼を止めるのだが……。

(少しくらい、いいよね？　だって、大変だったんだもの。本当に大変な一日だったんだから、ちょっとだけ、誰にも見つかりませんように)

心の中で祈りながら、彼の背中に手を回した。

それは、ずいぶん久しぶりのキスに思える。だが施設近くの林に車を停め、熱烈に愛し合ったのはつい昨日のことだ。

たった一日、離れていただけなのに、こんなにも切ない気持ちになってしまうのは、亮介のことが好きでどうしようもないからだろう。

夢中になって彼の唇を受け止めていると、ふいに彼の指が首筋に触れた。

「これは……どうしたんだ？　虫に刺されたのかな？」

一瞬で緊張を孕んだ声に変わり、聡美もびっくりした。

「虫にって……あ……」

なんのことかわからず、尋ねようとして少し前のことを思い出した。

ちょうど、亮介が触れている辺りに、佐々川の唇を押し当てられた気がする。舌で舐められ、気持ち悪さしか覚えていないが、何か跡が残っているのかもしれない。

「どうした？」

「さっきの……佐々川さんだと、思います。あの人に……」

言葉にしようとして、声が詰まった。首筋を舐められたことで、ひどく自分が穢れてしまった気がする。

聡美は自分の手で首筋を触り、佐々川の唇が触れた辺りを必死でこすった。

「やめるんだ、聡美ちゃん。そんなに強くこすったら、肌が傷つくよ」

「でも……でも、思い出したら、気持ち悪くて……やだ、どうしてこんな」

さらにこすり続けようとする聡美の手を掴み、亮介がささやいた。

「じゃあ、僕が消毒してあげよう」

言うなり、彼は同じ場所に唇を押しつけたのだ。

音が出るほど強く吸い上げ、痺れるような甘やかな痛みが背筋に走る。同時に眩暈を感じて、彼の腕をギュッと掴んでいた。

「ほら、もう僕のキスマークしかない」

唇を離し、亮介は嬉しそうに笑っている。

「どう、して？　怒ってるでしょう？」

「それこそ、どうして？　君に怒る理由がないだろう？　悪い虫は、二度と近づかせないから、安心してほしい」

「本当に、一生監視するんですか？」

聡美が恐る恐る尋ねると、亮介は可笑しそうに笑った。

「まさか、あの男にそれほどの価値はないよ。ただ、逆恨みで妙なたくらみをしないよう、再就職先は与えてやるつもりだけどね」

恐ろしいことを言っていたのが、ただのハッタリだとわかり、聡美もホッとする。

だが、そんな聡美の表情を読んだらしい。

「同期だったっけ？　君があの男に同情するなら、地の果てまで飛ばしてやるぞ」

拗ねたように呟くと、彼は聡美の首筋にキスした。さっきと同じように吸いつき、赤い刻印をつけて回る。

「りょ、亮介さ、ん……これ、以上は……」

彼の手が制服の上から胸を掴んだ。

最初は優しく、しだいに荒々しい仕草で揉みしだく。これ以上はダメだと言いたいのに、聡美の躰は亮介を求めて潤い始めてしまう。

「あ……やぁ、んっ、亮介さ……んんっ」

悦楽の混じった声が聡美の口から洩れ、直後、亮介は弾かれたように彼女から離れた。

「ああ、ダメだ。このまま、最後までしてしまいそうだ」

欲情を隠しきれない声で言われ、聡美の気持ちは八割方、『それでもかまわない』に振れている。

「いや、ここまで会社では、おかしな噂にならないよう我慢してきたんだ。今になってこんな真似をして、君の評判を落としたら、悔やんでも悔やみきれない」

会社勤めの経験もなければ、まともな恋愛の経験もない。当然、亮介はそれに付随する面倒くささなど知らずに生きてきた。だが知ったところで、彼が何をしてもしなくても、周囲は色メガネで見るのだ。ならばいっそ、と投げやりになっても無理はないだろう。

そんな彼が会社では聡美の言葉に従い、噂にならないよう気遣ってくれた。

社長たちを探っているという自分の立場を考えれば、色っぽい噂が流れたほうが、よかったのかもしれないのに……。

「わたしのため、ですよね？」

「僕たちのため、だよ。君はみんなに祝福されて、結婚したいだろう？　おじいさんにも——あなたの愛する女性は、僕が必ず幸せにします、と約束したからね」

もう一度抱きつきたくなる気持ちを抑え、聡美はおずおずと口を開く。

「じゃあ、片づけは明日に回して……わたしの家に行きますか？」

早くエッチしたいと誘っているみたいでかなり恥ずかしい。

だが、亮介の返事は——。

「いや、今日は僕の家に行こう」

☆　☆　☆

江戸時代には大名屋敷が並んでいたという現在の高級住宅地に、亮介の実家があった。

新しい洋風な建物が並んだ坂を上りきると、石造りの門が見えた。舗装された道路はそこで終わりだ。

門をくぐるとすぐ横に屋根付きの駐車スペースがある。三ナンバーでも五台は入りそうだが、今は一台もない。亮介が慣れた様子で、そこに車を入れたのだった。

玉砂利が敷き詰められた薄暗い通路を、彼に手を引かれて歩く。

（ここは駐車場なの？　亮介さんの家って、どこにあるの？）

ジャリジャリという玉砂利を踏みつける音、そして足の裏から伝わってくる感触に、まるでお寺の境内を歩いているみたいだ。

薄暗い通路を抜けると、視界が開けた。

「ここは裏庭なんだ。母屋はその向こうにある」

裏庭には大きな枯山水（かれさんすい）があった。夜間照明にぼんやりと浮かび上がって見える。その幻想的な光景はとても個人の庭とは思えない。

枯山水越しに見える母屋は、純和風の日本家屋だった。

外灯の明かりだけでははっきりと見えないが、築百年は経っていそうだ。病気になる前の祖父なら、きっと大喜びで見学させてもらったことだろう。

枯山水の上を渡して造られた石橋を通り、母屋へと近づいて行く。聡美が庭から建物までうっとりとみつめている間に、亮介は裏庭の木戸を開け、中に入るよう促した。

「裏から入っていいんですか？」

こっそり入り込んでいるみたいで、なんとなく居心地が悪い。

「玄関の鍵は内側からでないと開かないんだ。家政婦はもう寝てる時間だし、年寄り揃いだから、起こすのもね」

なんと正面玄関を外から開けようとしたら、警備会社に連絡が行くのだという。それは夜間だけでなく、二十四時間同じらしい。

住み込みの使用人がいる大邸宅ならではのシステムだろう。

(でも、裏木戸を開けて入ったりしたら、よけいに警報が鳴ったりしないの？)

聡美が中に踏み込むのを躊躇っていると、亮介が先に入ってくれた。

「裏木戸を外から開けられるのは僕だけだよ。やたら広くて古い家だからね、警備システムは最新のものを導入している」

たしかに、かなり広い屋敷だ。木戸から中庭を抜けて母屋に入ると——まるで夜の校舎にでも入り込んだ感じだった。長い廊下のどちらを見ても突き当たりが見えず、やけにがらんとしている。

こんな中にひとり残されたら、聡美なら寂しくて毎晩泣いてしまうだろう。

「あの……おばあ様にはご挨拶しなくてもいいんですか？」

十代の恋人同士ならともかく、結婚しようという関係ならきちんと挨拶しておくほうがいいと思う。

聡美は心配して尋ねるが……。

「駐車スペースに黒のリムジンはなかっただろう？　ということは、祖母は家にいないってことだ」

和枝は自動車の免許を持っておらず、どこに行くときも運転手付きのリムジンで移動する。ちなみに、亮介が今夜も乗っていた黒のＳＵＶ。名義こそ和枝だが、実際に使用しているのは亮介だけらしい。

（そうよね。でなきゃ、エッチなんてしないよね？　うーん、なんだかいろいろと、調子よくごまかされてるような……）

「ここが僕の部屋。ちなみに、今風のおしゃれな部屋じゃないから。驚かないでくれよ」

亮介は板の引き戸を開いて、彼の部屋に聡美を招き入れる。

そこは、ごく普通の八畳間に思えた。書斎――というより勉強部屋と呼んだほうがよさそうだ。部屋の中央に黒いローソファとテーブルが、正面の障子近くに文机が置かれ、壁一面に書棚があった。

書棚の正面には襖があって、そこは開け放たれていた。

「隣が寝室、一応ベッドだ。障子の向こうは濡れ縁で、風呂とトイレ、あとクローゼット代わりの納戸がある」

開いたままの襖からロータイプのベッドが見え、聡美はドキッとした。

慌てて視線を文机に向ける。小さな本立てが置かれ、そこには高校の教科書や辞書がそのままになっていた。ペン立てに鉛筆削りまで見つけて、普通の子供部屋らしい雰囲気に、聡美は笑みがこぼれた。

「いい歳をした男の部屋じゃないだろう？　十五年前のままだからなぁ」

言われる前に、といった感じで亮介のほうから先にそんなことを口にした。

「適当に座っててくれ。台所から食料と飲み物を調達してくる」

続けてそんなことを言い、部屋から出て行くのだった。

実を言えば、今日の聡美は十五時を回ったころ、遅い昼食を……それも、コンビニのおにぎりを食べただけだった。今朝はお弁当を作る時間がなく、昼食休憩のはずの時間に騒動が起きたため、完全に食べるチャンスを逃したのだ。

だがそれは亮介も同じだった。

むしろ、おにぎりを食べただけマシかもしれない。彼は聡美が想像したとおり、昨夜から今日の段取りのために奔走していたという。ほとんど何も口にしないまま、現在に至るというのだから……相当お腹が空いているはずだ。

聡美は文机の前に座り、教科書をパラパラと捲って小さく笑った。

日本の高校に通っていたときは、本当に勉強しなかったらしい。その証拠に、一年の夏休みには退学になったとはいえ、教科書は新品同様だ。

その直後――。

「入りますよ」

入り口の引き戸の向こうから声が聞こえた。

聡美はすぐに、その声の主が和枝であることに気づいたが……。

(ど、どうして!?　家にいらっしゃったなんて)

返事もできずにいると、引き戸は静かに開いていった。

驚きのあまり固まってしまった聡美と違い、和枝はあらかじめ察していたようだ。驚く様子もなく、むしろ、にこにこと笑いながら部屋の中に入ってきた。

昼間のきちんとした和装とは違い、薄いグレーの縮織(ちぢみおり)の作務衣(さむえ)を着ている。

ラフな格好であるはずなのに、それでも上品さは隠しようがなかった。

「すみません。わたし、勝手に……」

立ち上がろうと中腰になるが、和枝は手を振りながら、逆に聡美の前に座った。

聡美も慌てて座り直す。

「社長室でお会いしましたね、七原聡美さん。亮介の祖母で和枝と申します。今回はとんだことに巻き込んでしまって、ごめんなさいね」

先に謝られてしまい、聡美は返事に困ってしまう。

「はい、七原と申します！　あ……いえ……そうじゃなくて。あの、おばあ様……いえ、山本会長には、こちらからご挨拶しないといけませんのに……。不作法な真似をしてしまって、本当に申し訳ありません！」

「かまいませんよ。どうせ、リムジンがないから、わたくしは家にいないとあの子が言ったのでしょう？」

「はい！　え？　どうしてわかったんですか？」

和枝は口元を覆いながら、ホホホ……と笑い声を立てた。

「あの子は難しく見えて、単純な子ですからね。やっとあなたをこの家に連れて来られて、はしゃいでいたんでしょう。わたくしの部屋を見れば、灯りが点いていることに気づきそうなものですけどね」

和枝がいなければ、面倒な挨拶抜きで聡美を部屋に連れ込める。亮介はそのことだけに気を取られ、浮かれていたらしい。

「社長室でのやり取りを聞いていたときも、同じでしたよ」

そう言われてきょとんとするが……。

（あ、そうだ。あの盗聴器！）

聡美が社長室にいたとき、かなり酷い言葉で罵られた。『結婚という言葉につられた浅ましい女』『スパイをこのフロアに引き込んだ』そんなふうに言われていたことまで、すべて聞かれていたことになる。

「自分が何を言われても聞き流しているくせに、あなたの声が社長室から聞こえてきたとたん、飛び出そうとして……」

　あのとき、階下の空いているフロアを貸し切り、検察と一緒に待機していたという。

　社長室に飛び込んできたときの亮介は、ずいぶん落ちついた表情に見えたが、実際はその直前まで、引き止める検察に向かって怒鳴り散らしていたらしい。

『彼女は何も知らないんだぞ！　いつまでも、あんな連中と一緒にしておけるか⁉』

　そんな亮介のことを聞くだけで、嬉しくて頬が緩んできてしまうのだ。恋には幸せの素がいっぱい詰まっている。そのことに気づけて、自分は本当に幸せだと思う。

　亮介に出会えた幸運に感謝していたとき、ふいに、和枝が聡美のほうににじり寄ってきた。

　そして、聡美の両手をギュッと握りしめ――。

「わたくしや娘夫婦が至らなかったせいで、亮介にはつらい思いをさせました。ひとり残していくことだけが心残りでしたが……。あなたがいてくださったら、もう大丈夫ね。――どうか、亮介をお願いします」

　和枝は握ったままの聡美の手を額に押しつけ、祈るように呟いている。

　それは命がけの祈りに思え、聡美も握り返していた。

「そ、そんなふうにおっしゃらないでください、おばあ様！　わたしは亮介さんを愛しています。ずっと一緒にいたい、いえ、います！　でも、亮介さんが日本に帰って来たのは、おばあ様のためなんですよ」

「……聡美さん」

両親から捨てられたと思った亮介は、自分には家族がひとりもいない、と孤独に陥った。だが時間が彼を大人にした。幼いころからたったひとりの家族だった和枝を、自分のほうから捨てたことに気づいたのである。

「家族としてやり直すために、勇気を出して戻って来たんだと思います。だから、おばあ様もできるだけ長生きして、みんなで幸せになりましょう！」

力いっぱい言ったあと、

「あ、す、すみません、会長！」

恐縮して言い直すが、和枝のほうがころころと笑い始めた。

「あら、まあ『おばあ様』なんて言われたのは初めてだわ。これからもそう呼んでちょうだい。亮介なんて『ばあさん』ですもの。でも高校生のときは『ばばあ』だったから、今はまだマシかしら」

「本当ですか？　あの亮介さんが？」

あれほど丁寧な言葉遣いの亮介が……と思うと、イメージが浮かばなくて唖然としてしまう。

直後、激しい勢いで引き戸が開いた。

「ばあさん！　何をよけいな……いや、よけいなことを言わないでください、お、おばあ様」

木製のトレイを片手に、脇には二リットルのお茶のペットボトルを抱えている。トレイに上にはグラスが二つと、レンジで温めたらしいピザが載っていた。

聡美は和枝と手を取り合ったまま、亮介を見上げていたが――。

和枝が吹き出すと同時に、聡美も堪えきれずに笑い出していたのだった。


十分後――亮介の部屋は、ふたたび聡美と亮介のふたりだけになる。

『明日の朝は一緒にご飯を食べましょうね』

和枝はそんな思わせぶりな……いや、大胆なセリフをさらりと言い、ふたりきりにしてくれたのだった。

「親会社の会長さんって、怖い人だろうなって思っていました。だって、黙って家に上がり込んだようなものだから、きっと叱られるだろうなぁって。それなのに……」

手を握って『どうか、亮介をお願いします』なんて言われてしまったのだ。

「でも……亮介さんが、『ばばあ』なんて」

「あれは、若気の至りだよ。いきがって汚い言葉を使うことが、カッコいいと思うような年頃だったんだ」

「だからって、わたしに合わせて『おばあ様』？」

思い出すだけで可笑しくて、聡美は笑いが止まらなくなる。

ローソファにふたり並んで腰かけ、聡美はお茶の入ったグラスを片手に、クスクスと笑い続けた。

そのとき、横からスッとグラスを取り上げられ、

「いつまでも笑ってると——」

手にしたグラスをテーブルに置くなり、亮介は聡美の脇腹をくすぐり始めたのだ。

「きゃっ⁉　やだ、ごめん、ごめんなさ……やぁん」

聡美は謝りながら、身をよじった。

ローソファの上を転がり、彼の手から逃れようとするが……その手は少しずつ、脇から胸へと移っていく。

上着は脱いでしまっているので、トップスはスクエアネックのカットソーだけだ。柔らかい素材のせいか、彼の指の動きがダイレクトに伝わってくる。

「そこ、そこは……ぁ、あっ」

「ここはダメ？　じゃあ、こっちはどうかな？」

亮介は笑いながら、手を胸から下腹部へと移動させた。

腰の辺りを撫でているかと思ったら……。気づいたときにはタイトスカートのファスナーを下ろされ、あっという間に脱がされていた。

天井に取りつけられた和風のシーリングライトから、露わになった白いレースのショーツに

ＬＥＤの光が降り注ぐ。

「電気、消してください」

「あとでね。今消したら、聡美ちゃんの恥ずかしがる顔が見えなくなる」

その顔を見られたくないのだが……。

どうやら、電気を消してくれる気はないらしい。

「じゃあ、亮介さんも……脱いで」

聡美は小さな声でおねだりしてみる。

すると、亮介は身体を起こし、ワイシャツを一気に脱ぎ捨てた。

寝転がった状態で彼を見上げていた聡美の目に、その裸身がライトと重なり、後光が射して見え――。

「聡美ちゃん、目がエッチだよ」

うっとりとみつめる聡美のことを茶化(ちゃか)すように言う。

だが、彼がスラックスの前を寛(くつろ)がせ……剥(む)き出しの昂りを取り出したとき、羞恥より好奇心が勝った。

天井を向いてそそり勃つ欲棒をショーツの上から押しつけながら、

「昨日の車の中で……覚えてる？」

「も、もちろん、覚えてます」

聡美が当然のように答えると、亮介は困った顔で笑った。

「そういう意味じゃなくて、ゴムを着けずに君の膣内に挿入して……そのまま、射精してしまったことなんだけど」

薄い布地越し、敏感な部分を彼自身でこすられ、昨日の感触を思い出していた。

「君のことだから、平社員じゃないと知ったら逃げられそうな気がして……。勝手なことは承知で、引き止めたかった。——ひょっとして、気づいてなかった？」

彼の質問に聡美は首を横に振る。

躰の奥深くに熱いシャワーを浴びせられる感覚。たとえ卵の薄皮程度の厚さだとしても、コンドームがあるとないとでは全然違うことを知った。

「亮介さんの……赤ちゃんなら、欲しいと思ったから……とっても嬉しかっ……た」

聡美が答えると、彼は覆いかぶさるようにキスしてきた。

その間も、熱い昂りがショーツの上からこすり続ける。しだいに、聡美の躰から蜜が蕩けるように溢れ出し、ショーツをしっとりと濡らしていく。

「僕も……ゆっくりでいいと思ったけど、君と一緒にいると、ふたりの間には小さな子供がいて、僕たちに手を握られてピョンピョン跳ねている姿を想像するんだ」

亮介が思い描く想像と、聡美が夢見る未来図がピタリと重なる。

「遊園地……とか、動物園とか。お弁当……持って、ピクニックと……かっ、あぁ、んんっ」

濡れたクロッチ部分をずらされた。

今度は直接、硬いもので二度、三度と擦り上げられる。

「赤ちゃん、作ろうか？」

「は、はい」

「じゃあ、しっかり見てて」

亮介は彼女の背中に手を当て、上体を起こさせた。ローソファに背中を押しつける形で彼と向き合う。脚を大きく開かされたままなのが、どうにも恥ずかしい。

しかも、その格好だとふたりの重なった部分が丸見えだった。

聡美の躰はしとどに濡れ、彼の反り返ったペニスを呑み込もうとしているように見える。

（やだ、舐められるより、恥ずかしいかも）

クプッと押し込まれ、ジュプジュプと音を立て沈み込んでいく。

されるがままではなく、聡美も少しだけ腰を前に突き出し、彼を受け入れやすくした。

「ほら、入っていくよ……奥まで、ヌルヌルだ」

彼の言うとおりだった。滑り込むごとに、水音が激しくなる。

目の前でツーッと引き抜かれ、くびれた部分を引っかけるようにして止めると、ふたたび奥までぐんと突かれた。

抽送を目の当たりにすることで、聡美の躰はいっそう潤んでいく。

「ゆ、緩く……ない、ですか？」

　この二ヵ月、彼に愛され続けた結果だった。

　とはいえ、これほどまでなめらかに受け入れてしまっては、抵抗感がなさ過ぎて気持ちよくないのではないか、と不安になる。

「最初に比べて、緩くなったとか思ってる？」

　亮介の問いに、聡美はうなずく。

「じゃあ今度、前戯なしで挿入してみようか？　ちょっと痛くするかもしれないけど、我慢してみる？」

「亮介さんが……気持ち、いいなら」

「僕は、聡美ちゃんのココがとろとろのほうが気持ちいい」

　聡美に万歳をさせるようにしてカットソーを脱がせながら、彼はわざとエッチな言葉を口にした。

　そして、ショーツとセットの白いブラジャーが露わになると、彼はカップをずらして先端を口に含んだのだった。

「あんっ！」

　亮介の実家、それもひとつ屋根の下に彼の祖母や家政婦もいる。どれほど広い家とはいえ、聞かれるのではないかと思うと、大きな声を上げることだけは躊躇われた。

「ひょっとして、声を我慢してる？」

「だって、おばあ様に、聞かれた……らぁ、あっ」

その瞬間、彼は胸に吸いついたまま、繋がった場所を指でまさぐった。花芯を探り当てるなり、指で挟んだのだ。

「やあっ！　ダメ、ダメェ……やだ、やぁ……そこ、そんなに、あ、あ、あっ、あぁーっ!!」

こするように愛撫され、聡美はたちまち頂点へと押し上げられる。

荒い息のまま、彼女が肢体を震わせていると、今度は親指で強く押し始めた。快楽に膨らんだ淫芽をさらに刺激され――。

「待っ……て、や、まっ……あ、あ、あぅ……それ……ダメェーッ！」

一度頂点へと達した躰が、こんなにも敏感になるとは思わなかった。大きな波が次から次へとやってくる。時間をかけて、容赦なく聡美の躰を根こそぎ攫っていく。

胎内に収まったままの亮介の熱も、限界まで膨らんでいるように感じた。蜜窟の天井をコツコツと突いている。

そのとき、緩やかだった抽送が激しくなった。

彼は聡美の腰を持つと、パチュンパチュンと音を響かせながら、その部分をぶつけるように突き上げ始める。

「あっ……あっ……あっ」

快楽の酔いが全身に回った感じがする。

大きな声を上げる余裕もなくなり、ただ突き上げに合わせて、聡美の身体は揺れていた。

「聡美……このまま、射精すから……受け止めて」

切なげな亮介の声に聡美がうなずくや否や、彼は精を放った。

子宮まで流れ込む白濁の奔流が、ふたりの絆をいっそう強くしてくれるように思え、聡美は彼にギュッと抱きついた。

「好き……大好きよ、亮介さん」

「僕もだ。こんなことを言ったら笑うかもしれないけど……愛し合うって本当に素晴らしい。単なるセックスとは別物だとわかってはいたんだ。でも、ここまでとは……この歳になって初めて知った」

聡美にすれば『そんなにたくさんの女性とセックスしてきたんですね』と嫌みのひとつも言いたくなるところだが、あまりに正直過ぎて怒るに怒れない。

そのとき、亮介はローソファの下から何かを取り出した。

気になって彼の手元を覗き込んだとき、突然、左手を掴まれたのだ。

「あ、あの……」

どうしたのか尋ねる前に、亮介は実に素早く——聡美の薬指に指輪を押し込んだ。

「ああ、やっと、婚約指輪を渡せた。早く渡したかったけど、新入社員のままだと君が心配するんじゃないかと思って、渡せなかったんだ」

それは、とてもシンプルな立て爪のダイヤモンドリングだった。

婚約指輪の定番とも言えるデザインだが……ただ、その大きさは定番とはかなり差があるようだ。

ダイヤモンドは三カラットくらいありそうで、左手がずしりと重く感じる。

(亮介さんと結婚することの重さみたい)

聡美は複雑な心境で、キラキラと煌めく婚約指輪をみつめていた。

「君と初めて結ばれた二ヵ月前に注文したんだ。僕の気持ちだから、勝手に選ばせてもらった。その代わり、結婚指輪は一緒に選ぶってことで、いいかな?」

彼はきっと、聡美が気に入らなかった、と思ったのだろう。あるいは、彼がひとりで決めたことを怒っている、と思ったのか。

聡美は不安そうな亮介の顔を見上げて、幸せいっぱいに微笑んだ。

「亮介さんの気持ち、大切にしますね。今はとっても重いけど、この重さに負けないように、あなたを幸せにできるよう頑張ります」

亮介の顔も満面の笑みに変わっていく。

「やっぱり、北海道のご両親にさっさと挨拶に行こう。君の親友の誤解も解いておかないと。それから……子供の名前は『和』抜きで考えるってことで」

彼の名前に『和』がついていない理由――。

それは名付けた和枝自身、自分の名前を息苦しく感じていたからだという。和枝は生まれたばかりの孫に、自分や娘とは違う生き方をさせたくて、あえて一族の決まりを無視した名前をつけた。

「君の花嫁姿はおじいさんにも見てもらいたいな。それには白無垢（しろむく）かな？　でもウェディングドレス姿も見たいし……。その前に、まずは、サンワ食品をどうにかしてからでないと」

「やることがいっぱいあるのはわかるんですが……その前に、もう一度キスしてほしいなぁ、なんて」

よほど浮かれているのか、将来のことばかり口にする亮介の首に手を回し、

「――喜んで」

ふたりは初めてキスするように唇を重ねる。

そして、巡り合えた幸せに感謝したのだった――。

あとがき

はじめまして&こんにちは、御堂志生です。

このたびは、『さえない後輩がイケメン御曹司だった件について』をご覧いただき、どうもありがとうございました。

ヒーローの正体やいかに？　と言いつつ、タイトルでネタバレしてる気が……すみませんっ！

最近流行のライトノベル風の長いタイトル、一度つけてみようかなぁ〜と思い、仮タイトルにコレを書いて出したところ……まんま正式タイトルになってしまいました（笑）

これまで仮タイトルがそのまま正式タイトルになったのって……五つもないかも。サブタイトルがつくのが多いかな？　あとは部分変更とか、たまに跡形もなく変わることもあります。

本作はプロット段階でスッとこのタイトルが思いつきました。私にしては珍しいかもしれません。普段はうーんうーんと悩んで、結局……「○○の花嫁」（苦笑）

投げてるだろうって？　違います、ホントーに思いつかないんです!!

丸一日悩んでることもあります。たかが仮タイトルといってしまえばそうなんですが、気になるとストーリーよりそっちに意識がいってしまうんですよねぇ。

あと、今回はオフィスラブです……たぶん。いや、これってオフィスラブですよね？

私自身、多種多様なアルバイトを経験してきたので職種は豊富ですが、会社勤め（事務職）の経験は少ないです。でもオフィスラブと言われて想像するのは……業種はともかく、一部上場企業の東京勤務で、東京駅周辺や新宿西口の高層ビル街とかじゃありません？　テレビドラマに影響されてるかもしれませんが、普通のＯＬの仕事というのもそっち方面から想像することしかできなくて、それならいっそ雲の上の存在、社長と秘書にしちゃえ、になってました。

いや、まあ、社長秘書の経験もないんですけどね。もちろん、海運王に求婚されたことも、王子様に迫られたことも、シークに連れ去られた経験もありません！

で、ここまで書いてて気がつきました……アレ？　私ってば一緒に働いていた人と結婚したような。これって職場結婚？　ひょっとしてオフィスラブ（仕事場はオフィスじゃないけど）の経験アリなの、ワタシ⁉（↑おいっ）

それはさておき、本作のヒロイン聡美ちゃん、前作の美冬ちゃんに比べて、メチャクチャ家族に恵まれてます。でも、カップルの双方が素直だと、「好き♡」とか言ってひたすらイチャイチャしまくってるんですよねぇ。聡美ちゃんが自宅エッチのとき、アレに話しかけるシーンがありまして……書いてる私が恥ずかしくなりました。

イラストは今回初めてお世話になります、ＳＨＡＢＯＮ先生。ＳＨＡＢＯＮ先生の描かれる王子様って本当に〝憧れの王子様〟なんですよねぇ。白馬に乗って現れそうな優しいヒーローなのに……あーんなことや、こーんなことも……みたいな（笑）

今回は二面性のあるヒーローと、年齢のわりにウブなヒロインを本当に可愛らしく描いていただき、どうもありがとうございました！

編集様や関係者の皆様、今回も本当にお世話になりました。読者様からの優しい感想に励まされております、ありがとう。ブログも書かずに沈黙しているとメールで応援してくれるお友だちにも感謝。見守ってくれる家族にも……。この世界には愛がいっぱいありますね。

そして最後に、この本を手に取ってくださった〝あなた〟に、心からの感謝を込めて。

またどこかでお目に掛かれますように――。

御堂志生

さえない後輩がイケメン御曹司だった件について　キャラクターデザイン：SHABON
山本亮介
やまもと りょうすけ
七原聡美
ななはら さとみ
SHABON先生のキャラクターデザイン♥

ガブリエラ文庫プラス
gabriella plus

MGP-021
さえない後輩がイケメン御曹司だった件について
2017年9月15日　第1刷発行

著　者　御堂志生

装　画　SHABON

発行人　日向 晶

発　行　株式会社メディアソフト
〒110-0016　東京都台東区台東4-27-5
tel.03-5688-7559　fax.03-5688-3512
http://www.media-soft.biz/

発　売　株式会社三交社
〒110-0016　東京都台東区台東4-20-9　大仙柴田ビル2F
tel.03-5826-4424　fax.03-5826-4425
http://www.sanko-sha.com/

印刷所　中央精版印刷株式会社

御堂志生先生・SHABON先生へのファンレターはこちらへ
〒110-0016　東京都台東区台東4-27-5 (株) メディアソフト
ガブリエラ文庫プラス編集部気付 御堂志生先生・SHABON先生宛

ISBN　978-4-87919-373-5　Printed in JAPAN